ことり

小川洋子

朝日文庫

本書は、二〇一二年十一月に小社より刊行されたものです。

ことり

1

小鳥の小父《おじ》さんが死んだ時、遺体と遺品はそういう場合の決まりに則《のっと》って手際よく処理された。つまり、死後幾日か経って発見された身寄りのない人の場合、ということだ。救急隊員、警察官、民生委員、町内会長、役人、清掃業者、野次馬。さまざまな人間が入れ替り立ち替りやって来ては、各々《おのおの》定められた仕事を為した。ある者は遺体を運び出し、ある者は消毒液を調合し、またある者は連絡先の手がかりを求めて状差しの葉書をめくった。野次馬たちでさえ、がやがやとした噂話で、その場に立ちこめる陰気な空気を多少なりとも紛らわせる役目を果たした。

彼らのほとんどが、小鳥の小父さんの顔をよく知らなかった。多少顔は見知っていても、親しく口をきいたことのある人はいなかった。小鳥の小父さんの家がこれほど大人数の訪問を受けるのは、その時が初めてだった。

遺体を発見したのは新聞の集金人だった。郵便受けに新聞が溜まっているのを不審に思い、門から庭伝いに家の南側へ回ったところで、開け放たれた居間の窓辺に倒れている小父さんを発見した。

いくらか腐敗ははじまっていたが、もがき苦しんだ様子はなく、むしろ心から安堵してゆっくり休んでいるように見えた。ありふれたシャツにズボン姿で横向きになり、両足を軽く曲げ、背中を丸めていた。ただ一つ、集まった人たちを驚かせたのは、遺体が両腕で竹製の鳥籠を抱いていることだった。鳥籠の中では小鳥が一羽、止まり木の真ん中に大人しくとまっていた。

「鳥ですね」

と最初に口にしたのは、第一発見者としての責任から、現場の片隅にたたずんで成り行きを見守っていた新聞の集金人だった。小鳥の小父さんの家に小鳥がいても何の不思議もないはずなのに、皆その一言にはっとし、まるで生まれて初めて鳥というものを目の前にしたかのような表情を浮かべた。

たやすく掌《てのひら》に隠れてしまうほどの小さな鳥だった。餌箱が空になっている割には弱った様子も見せず、小首をかしげながら人々の様子をうかがっていた。死者の腕に守られ、何の不安もなく、黒い目をきびきびと動かしていた。羽は淡い黄緑を帯びていたがあくまでも色調は大人しく、目立った模様も飾りも見当たらず、小鳥、という以外、他にどんな付け足すべき言葉も必要としていなかった。

ひとときの沈黙のあと、警察官が庭から差し込む光にかざすようにして籠を持ち上げた。小鳥は二、三度羽をバタバタさせ、籠の側面につかまり、また止まり木へ戻った。底に溜まった干からびたフンと、抜けた羽毛が一緒になって舞い落ちた。光を浴びてもその羽は遠慮深い色合いのままだった。

やがて、チィーチィーと短い鳴き声がしたあと、不意にさえずりが響き渡った。そこにいる全員が籠の中を見やった。庭の隅々にまで染み渡る、澄んだ小川のようなその声が、本当に目の前の小さな生き物から発せられているのかどうか、確かめるような思いでじっと見つめた。

小鳥は長く鳴き続けた。そうして鳴いていれば、いつしか死んだものがよみがえると信じているかのようだった。

警察官が籠の口を開けてしまったのは、あまりにも綺麗な歌声にうっとりとし、緊張が弛《ゆる》んだせいかもしれない。自分の両手でそっと受け止められる、という錯覚を抱いたのかもしれない。いずれにしても次の一瞬、小鳥は籠を飛び出し、遺体の上を一巡りしたあと、窓から去っていった。誰もそれを止めることはできなかった。

ほどなく作業は再開され、ざわめきが戻ってきた。飼い主が死んだのだから仕方がない、生き物を自然に帰すのは当然だ、何と言っても鳥なのだ、自由に空を飛び回る方がどれだけ幸せか分からない。と、各々が心の中でつぶやいていた。警察官は自分の不手際が問題視されないよう、書類を取り繕った。

しばらくして、庭の片隅でもう一度だけさえずりが聞こえたが、もはや彼らにとってそれは空耳と同じくらい遠い響きでしかなかった。その小鳥がメジロだと分かった者は、一人もいなかった。

小鳥の小父さんがそう呼ばれるようになったのは、鳥籠のメジロとは関係のないいきさつからだった。メジロを飼うようになるずっと以前、彼は近所の幼稚園の小鳥たちを、二十年近くに亘って世話していた時期があった。誰に頼まれたわけでもない、全くの奉仕活動だった。その間にいつしか、彼は小鳥の小父さんになっていた。

彼が幼稚園の鳥小屋に姿を見せるのは、園児たちが登園してくる前か帰ったあと、あるいは休みの日と決まっていた。子供が苦手だったのだ。

彼の仕事ぶりには単なる片手間の手伝いという域を超える、修行にも似た厳格さがあった。まず、物置からバケツやデッキブラシや塵取りや、さまざまな用具を運び出す。使い古されたものばかりだが、すべてに気持よく手入れが行き届いている。鳥小屋は二つあり、小さな方にはつがいの烏骨鶏《うこっけい》が、大きな禽舎《きんしゃ》には愛玩用の小鳥たちが飼われている。作業は必ず烏骨鶏からはじまる。後回しにされると、つがいがひがみ、「ギーギー」奇声を発してうるさいからだ。

寝床の藁《わら》を干す、フンを始末する、水入れを洗う、餌を取り替える。手順はすっかり体に馴染み、一つ一つの動作は無駄なくつながり合い、流れてゆく。手順を覚えているのは烏骨鶏も同じで、小屋の扉が開くと同時に二羽は小父さんの足元をすり抜け、砂浴びなどしながらしばらく園庭を散歩し、新鮮な餌が補給される頃合いを見計らって再び小屋に戻ってくる。声を出したり合図を送ったりしなくとも、小父さんとつがいは互いの呼吸を感じ取っている。

もう片方の禽舎はもっと無邪気だ。小鳥たちはひっきりなしにさえずり、飛び回り、尾羽を振り、金網を突《つつ》いて彼を歓迎する。セキセイインコ、サザナミインコ、オカメインコ、桜文鳥、シナモン文鳥、十姉妹《じゅうしまつ》。寿命で死んだり、相性の問題が起きたりして種類や数は折々変化する。しかし彼は小鳥の選定、購入については何の権限も持っていない。小父さんはただの世話人に過ぎない。

餌箱も水入れも箱巣も、小父さんはこれ以上やりようがないというほど洗い清める。デッキブラシで床をこすりはじめれば、もう終わりがこないのではないかと園長先生を心配させるほどだ。園児たちのいない園庭に、ブラシの音と流れる水音だけが響き、そのリズムに調和するように、小鳥たちの歌が重なり合う。彼は背中を丸め、ただひたすら足元だけに視線を落とし、ズボンの裾が濡れても顔に飛沫《しぶき》が散っても気にしない。息は静かで、目は澄んでいる。最早汚れを落とす目的はどこかに去り、いつしかそれは黙想となり祈禱《きとう》となる。小鳥たちは時に頭上を舞い、肩にとまり、また一段と高らかなさえずりを聞かせながら、小父さんに祝福を与える。

職員室に残る先生たちは自分の仕事に手一杯で、小父さんの姿を認めてもほとんど気に留めない。「あっ、あの人、また来てる」とさえ思わない。鳥小屋に小鳥がいるのと同じくらい当たり前の風景として、小父さんを眺めている。

それでも園長先生だけは作業が終わる頃を見計らい、ジャングルジムとブランコの間を通り、鳥小屋へ近づいて二言三言、声を掛けてきた。

「いつも、ありがとうございます」

白髪を綺麗にセットし、品よくお化粧をし、ぽってりとした体を柔らかい生地のワンピースで包んだ園長先生は、彼が鳥小屋の世話を申し出た最初の時からずっと変わらず、礼儀正しい人であった。

「いえ、まあ……」

それに引き換え彼は、元来の性質からどうしても愛想よく世間話をするということができず、つい作業の残りに手間取っている振りをして、口ごもってしまうのだった。

「昨日、サザナミの一羽が止まり木で随分体を膨らませていたんですよ」

「今日は、皆変わりないようです」

「それは良かったわ」

「はい」

「来週あたり、寒波が来るってテレビで言ってましたね」

「そうですか」

「保温ヒーター、いつ頃から入れてやった方がいいかしら」

「様子を見て、私がセットしに参ります」

「そうして下されば安心」

二人は小鳥の話しかしなかった。

「先週、烏骨鶏が卵を産んだでしょう？」

「はい」

「それで作ったおやつのプリンがあるんだけど、召し上がっていきませんか」

何度誘っても彼は応じないとよく知っていながら、それでも園長先生はどうにかして労《ねぎら》いの気持を表そうとした。

「いや、でも、ゆっくりはしていられませんので……」

いけない、つい長居してしまった、とでもいうように、彼は慌てて帰り支度をはじめる。

「そう？　じゃあ、持って帰って下さいね。ほんの一個で申し訳ないけど」

幼稚園のシンボルマーク、カナリアがプリントされた連絡袋に、園長先生はプリンを入れてくれた。

「あっ、どうも……」

やはり彼は小さな声でしかお礼が言えず、ただカナリアのマークを見つめるばかりだった。それは鮮やかな黄色をしたカナリアで、小枝にとまり、利発そうな丸い瞳で遠くの空を見つめていた。

小鳥の小父さんが手入れする鳥小屋は、なぜこんなにも完璧なのだろうと、遠ざかってゆく小父さんの後姿と鳥小屋を交互に見やりながら園長先生はつぶやく。彼の背中はどこか弱く、ジャンパーはくたびれ、足取りはあんなにも頼りなげなのに、鳥小屋はどこから見ても隙がない。どんな俊敏な猫も蛇も侵入できないよう金網は丹念に補修され、小鳥の足指に合わせて削られた止まり木は宙を真っ直ぐに横切り、たっぷりと補給された餌は、穀物の種子一粒一粒がつややかに光っている。ほんの数分もすればたちまち小鳥たちは殻をまき散らし、フンを落とすのだが、そんなものでは容易に汚されないすがすがしさがそこには満ちている。

その姿が裏門の向こうへ消えて見えなくなるまで、園長先生は小鳥の小父さんを見送る。小父さんは一度も振り返らない。

家へ帰り着くと、小父さんは濡れた洋服を着替え、手を洗い、連絡袋の中からプリンを取り出して食べる。園児のおやつ用のそれはとても小さく、あっという間に食べ終わる。髪の毛に引っ掛かっていた烏骨鶏の真っ白い羽毛が、連絡袋のカナリアの上にふわりと舞い落ちてくる。

彼に小鳥の小父さんという名を与えたのは園児たちだった。用心深く子供を避けて鳥小屋に近づこうとしても、不意をつかれることが少なからずあった。何かの都合で保護者が迎えに来ず、園に残っている子がいたり、運動会やお遊戯会の練習で普段と時間割が変更になっていたり、思いもしない事情のために彼らに見つかってしまうのだ。

「あっ、小鳥の小父さんだ」

遊戯室から、花壇の中から、滑り台の上から、園児たちは一目散に駆けて来た。小さな子供はどんなささやかな物陰にも隠れていた。

「小鳥の小父さん」

「小鳥の小父さん」

「小鳥の小父さん」

子供らは何度でもその名を口にした。彼には他の名前などないのだと、天に向かって宣言するかのような堂々とした口調だった。園児たちが堂々としていればいるほど、彼はどうしていいか分からなくなった。

「ねえ、手の上に乗せてみせてよ」

「何か喋らないの？」

「あの鳥、嘴《くちばし》のところに瘤《こぶ》ができてる」

「この餌、人間も食べられる？」

彼らは思いついたことを、何のためらいもなく次々と口にした。つられて小鳥たちも興奮し、競って歌い出した。金網によじ登ろうとする子もいれば、デッキブラシにまたがって叫ぶ子もいた。時には彼の手を握ってくる子さえいた。はっとして彼は、それをどれくらいの加減で握り返せばいいのか戸惑い、落ち着かない気分に陥った。そんな時は、掌にあるのは小鳥なのだ、今私は小鳥を抱いているのだ、と自分に言い聞かせるようにした。しかし、そう思ってこわごわ力を入れると、次の瞬間にはもう子供の手はするりと解け、掌は空になっていた。

子供たちは皆似たような匂いがした。生温かくてうっすらと湿った、ゴム鞠のような匂いだった。小鳥とは随分違っていた。

これ以上話し掛けられないよう普段にも増して彼は作業に集中し、何を尋ねられても「うん、ああ」としか答えなかった。紺色のお揃いのスモックを着て、名札をパタパタさせて、彼らは自由自在に跳ね回った。なぜか小鳥より子供の方がずっと小さい生き物のように感じられた。

老眼の彼には名札の文字が読めず、誰が誰なのか区別はつかず、ただスモックに広がる染みだけが一人一人を見分ける手がかりになった。ソース、ミルク、脂、鼻水、よだれ、胃液、涙、血。さまざまなものでスモックは汚れ、それらの染みが名札の名前以上に独自の印を浮き上がらせていた。運動靴に隠れた足はセキセイインコの爪よりもか弱く、むき出しのふくらはぎは文鳥の腹のラインよりも無防備で、唇の危うさと嘴の強固さは比べるまでもなかった。

そんなことに気づきもしないまま、子供たちは相変わらず好き勝手に振る舞った。水入れをひっくり返し、烏骨鶏を追いかけ回し、ホースにつまずいて転んで泣いた。

「じゃあね」

「またね」

「バイバイ」

ひとしきりすべてをやり尽くして満足した子供らは、もう小鳥に用はない、というきっぱりとした様子で思い思いの方向へ走り去っていった。

「さよなら、小鳥の小父さん」

「小鳥の小父さん、また来てね」

最後まで子供らは彼のことを、小鳥の小父さんと呼び続けた。

初めて小父さんに幼稚園の鳥小屋を見せてくれたのは、七つ年上のお兄さんだった。

もっとも当時はまだ幼稚園ではなく、教会付属の孤児院で、鳥小屋もずっとみすぼらしいものでしかなかった。

「これが小鳥だ」

お兄さんはまるで、世にも珍しい生き物をお前だけに特別に見せてあげよう、とでもいうような得意げな口調で言った。

「うん、そうだね」

正直なところ、六つになったばかりの小父さんにとってそれは、ただうるさいばかりの生き物だった。落ち着きがなく、神経質で、小さな体に似合わず嘴は凶暴な雰囲気を漂わせ、油断するとすぐさま、頰でもふくらはぎでも目でも柔らかいところを突かれそうな気がした。

「あれが、レモンカナリア。今金網に飛び移ったのがローラーカナリア。ブランコにとまっているのは、見てのとおり、白カナリア」

彼には小鳥たちよりお兄さんが口にする名前の方がずっと魅惑的に感じられた。そういう名前をすらすら言えるお兄さんを、さすがだと思った。

「どうしてこんなに鳴くの？」

「鳴いているんじゃない。喋っているんだ」

「怒ってるみたいに聞こえる」

「怒ってはいない」

「本当？」

「うん。小鳥は僕たちが忘れてしまった言葉を喋っているだけだ」

お兄さんは孤児院のフェンスにもたれ掛かり、瞬きもせずに鳥小屋を見つめていた。

「だから僕たちより、ずっと賢い」

ああ、そうか、と弟はつぶやいた。お兄さんも小鳥と同じように皆が忘れた言葉を喋っているのか。だから皆、学校の先生も近所のおばさんもお父さんも、お兄さんが何を言っているのか分からないのだ。一生懸命聞き取ろうとして、結局は上手くいかず、イライラした表情で首を横に振ったりため息を漏らしたり、失礼な振る舞いを平気でしてしまうのだ。ならば、お兄さんの言葉がちゃんと分かる僕は、もう少し慣れれば小鳥の鳴き声も聞き分けられるかもしれない……。

合点がいった彼は晴れ晴れとした気分になり、鳥小屋に向って「おーい」と呼び掛けた。カナリアたちは一斉に飛び交いながら、声を合わせてさえずった。

孤児院の庭にはジャングルジムも滑り台も砂場もなく、無闇に草木が生い茂るばかりで、木造平屋建ての質素な家屋には、まだカナリアのシンボルマークは掲げられていなかった。長い年月をかけ、孤児院から幼稚園に変わるまでの間に風景はすっかり変わってしまったのに、なぜか鳥小屋だけはずっと同じ位置にあった。路地に面した裏門脇の、銀杏の木陰。そこが鳥小屋の定位置だった。

もちろん小屋の作りや鳥の種類はさまざまに変化した。烏骨鶏の小屋が加わったのは小父さんが世話をしはじめてからのことだったし、禽舎は台風で浸水したり地震で傾いたりするたびに作り直された。園長先生の趣味や保護者たちの要望により、カナリアから十姉妹へ、オウムから大型インコへ、文鳥からセキセイインコへと流行は移り変わった。どこかのお屋敷から逃げ出した孔雀を保護したこともあれば、園児たちと一緒に童謡を歌うオウムがテレビのニュースで紹介されたこともあった。病気や野良猫の侵入で全滅の危機に陥ったのも一度や二度ではなかったが、鳥小屋が撤去されることはなく、いつの間にかまた小鳥たちはそこへ戻ってくるのだった。

「僕、レモンカナリアが好きだよ」

うるさくて怖いと思っていたことなど忘れ、弟は言った。

「あれはいい子だ」

額に跡がつくのも構わず、お兄さんはいっそう強くフェンスに顔を押し当てた。自分が話題に上っていると分かったのか、レモンカナリアは止まり木の上を左右に移動したあと、首を傾けながら二人の方を見つめた。

「何か、考えてるんだね」

二度、三度、首をかしげる様子は、弟には何かとても不思議な問題について考えているとしか思えなかった。

「そう。そのとおり。僕たちが何者か、考えている」

「あんなに小さな頭で？」

「大きさは関係ない。鳥の目は顔の両側に付いてる。だからものをじっと見ようと思ったら、首をかしげなくちゃならない。生まれつき、考える生き物だ」

「でも一体、何を考えているんだろう……」

「僕たちが思いも寄らない問題について」

「ふうん、そうか……」

よく理解できないままに、それでもお兄さんをがっかりさせないよう、弟はうなずいた。その時レモンカナリアが大きく翼を広げ、再びゆっくりと閉じた。

「ああいう黄色をしたお菓子があったら、きっと美味しいだろうね」

弟は言った。

「うん」

あいまいにお兄さんは答えた。

「ゼリーとか、粉ジュースとか、氷水とか」

「……」

「口の中もカナリアと同じ黄色になるんだ」

「……」

「あっ、そうだ。青空商店の棒付キャンディーだって、黄色が一番美味しいよ。ね」

けれどもう、弟の言葉はお兄さんに届いてはいないようだった。彼は一心にカナリアの声に耳を澄ませていた。それでも弟はこうして二人きりでいられるのがうれしくて仕方なかった。

孤児院はしんと静まり返り、飛び回るのはただ小鳥ばかりで、なぜか孤児たちの姿はどこにも見当たらなかった。おかげで二人は誰にも邪魔されず、心行くまで鳥小屋を見つめることができた。まるで彼ら二人が、孤児であるかのようだった。

2

お兄さんが自分で編み出した言語で喋りはじめたのは、十一歳を過ぎたあたりの頃だったので、小鳥の小父《おじ》さんが物心ついた時には既に、その言語は完成され、揺るぎない地位を確立していた。つまり小父さんはお兄さんが、両親や近所のおばさんやラジオのアナウンサーが喋っている、誰にでも通じるごく当たり前の言葉を口にするのを、一度も聞いたことがなかった。

よその子供に比べれば、多少ゆっくりとしたペースではあったものの、ちゃんと言葉を覚え、字を書く練習にも取り組んでいたお兄さんが、どういうきっかけからか無口な数か月を過ごしたのち、不意に意味不明の言葉を喋り出した時、母親は驚きうろたえた。脳の発達途中に起こる一時的な混乱で、知恵熱みたいなものに違いないと、自らを納得させてみたり、大人をからかうちょっとした冗談だろう、明日になればすっかり元通りだと、ことさら楽観的に考えてみたりした。しかし母親の願いは叶えられなかった。いつまで経っても〝正しい〟言葉は戻ってこなかった。

もちろんあらゆる努力がなされた。検査入院、精神分析、薬物投与、言語訓練、断食療法、転地療養……。お兄さんは嫌がらず、母親をはじめ大人たちの指示に素直に従った。クレヨンで家族の絵を描き、苦い粉薬を飲み、電流を流す必要があると言われれば黙って頭を差し出した。けれどお兄さんがそうしたのは、治りたいからではなく、母親をこれ以上がっかりさせないためだった。

彼女の努力にもかかわらず、お兄さんの新しい言語は廃《すた》れるどころか逆に勢力を伸ばし、彼の中にひたひたと浸透していった。日々単語の数は増え、文章は繊細になり、文法は固定化された。声帯と舌と唇は新しい動き方を習得し、たちまちそれに慣れ、以前よりむしろ活発になったようでさえあった。元の言語はひっそりと退場していった。

どんなにじたばたしても無駄だと悟って以降の母親は、その問題に関し、思慮深い態度を貫いた。イライラして声を荒げたり、泣いて懇願したり、投げやりになったりはしなかった。会話が成立しないと分かっていても息子に話し掛け、彼が何を言おうとしているか推し量ろうと努めた。その愛情深い態度は、生涯を通し、彼女が息子に対して示し続けたものだった。

母親にとって一つ希望の光が差したのは、弟にだけは兄の言葉が通じていると気づいた時だった。兄の言葉が変わってしまったあとも、兄弟は以前と同じように顔を突き合わせ、二人だけの遊びに熱中していた。そこに混乱は見られなかった。

「なぜ分かるの?」

母親は何度も弟に尋ねた。しかし弟はもじもじするばかりで何も答えられなかった。なぜ分かるのか。母親が死に、お兄さんが死んだあとになっても時折、小父さんはその問いについて考えてみたが、やはり適切な理由は思い浮かばなかった。そもそも分かる、というのがどういうことなのかがあいまいだった。小父さんにとって、その言語は、自分のすぐそばにお兄さんがいるのと同じくらいの確かさを持っていた。威風堂々として、ごく自然で、どこにも疑問を差し挟む余地はなかった。お兄さんが一言発すれば、小父さんの鼓膜は相応《ふさわ》しい形に窪み、それを受け止め、二人の間を秘密の信号で結んだ。兄弟の鼓膜には、二人だけに通じる、生まれる前からの約束が取り交わされていた、としか言いようがない。

とにかく〝両方〟の言葉が分かる弟のおかげで、家族四人の会話はいびつながらもどうにか成立した。弟が果たしたのは通訳と言えるほど明確な役目ではなく、時折出現する会話の空洞に小さな梯子を掛ける程度のことだったが、それでも母親の不安を和らげるには十分だった。

一方父親は言葉の問題が出現して以降、いよいよ長男をどう扱ったらいいのか分からなくなり、途方に暮れた。母親が少しでも息子のためになろうとあれこれ行動を起こしたのに対し、父親はただ目を伏せ、沈黙の中に埋もれてゆくばかりだった。勤め先の大学関係で、助けになってくれそうなつてがあれば働きかけ、学術文献を取り寄せたり、専門教育を受けた家庭教師を見つけてきたりはしたが、結局、それだけのことに過ぎなかった。文献は仕事机に積まれたまま埃にまみれるばかりであったし、家庭教師は一週間もたずに辞めてしまった。

弟の目には父親がお兄さんを畏《おそ》れているかのように映った。自分のよこしまな心が、この子を生み出したのではないか、この子自身が暗示している何かに気づけるかどうか、自分は試されているのではないだろうか……。そんな思いに囚われた父親の目は、おどおどとして落ち着きがなかった。何者かからの糾明を受けて立つだけの覚悟を持ち合わせていなかった。時々父親は、その何者かがお兄さん自身であるかのような目で、息子の顔をうかがっていた。

父親の逃げ場は離れにある仕事部屋だった。そう広くもない庭の西側に、無理矢理押し込めるようにして作られた離れは、板敷きの小部屋が一つあるきりで、窓枠も扉も漆《しっ》喰《くい》の外壁も伸び放題の蔓《つる》植物に覆われていた。彼の専門は労働法だった。小さい頃、なぜ自分の父親はうつむいてばかりいるのだろうかと、小父さんは不思議に思っていた。小父さんの記憶に残る父親は、いつでも本を読んでいた。

「働く人の味方をするお仕事よ」

父親の職業について尋ねると、母親はそう答えた。

「働く人を助けるための法律を、研究しているの」

しかし小父さんにはどうしても、あの狭苦しい、本で埋もれた離れに閉じ込もることが、誰かの味方になっているとは思えなかった。うつむいて本を読むのは、お兄さんと目を合わせないためではないか、と疑ってさえいた。

大学から帰ってくると、食事の時以外、ほとんどの時間を父親は離れで過ごした。子供は入ってはいけないと厳しく言い付けられていたので、小父さんはできるだけ庭に近寄らないよう気をつけていたが、それでも何かの拍子に、窓を這う蔓の隙間から中の様子がちらっと見えることがあった。そこは積み上げられた本がかもし出す、くすんだ空気と影のせいで、西日を浴びているのに薄暗かった。机の上は書き物をするわずかなスペースを残し、あとはさまざまな物に占領されていた。肘掛け椅子の座布団は中身が磨り減り、布は毛羽立ち、しょんぼりとへこんでいた。父親はこんなにも小柄だったろうか、と不思議に思うくらい小さなへこみだった。

夕食を終えてお茶を飲み干すと、父親は席を立ち、そのまま勝手口から出て行った。残される三人は「行ってらっしゃい」とも「じゃあね」とも言わなかった。庭の緑の奥に隔離された小部屋、お兄さんの編み出した言語が決して届かない空洞、そこへ向って父親は吸い込まれていった。離れの扉が閉じられると父親はもう、三人にとって暗闇の一部でしかなかった。

小父さんは後年、どうしてお兄さんの言語を録音しておかなかったのだろうかと後悔することがたびたびあった。録音の機械はどんどん便利になり、その気になればいくらでも記録を残すチャンスはあるはずだった。なのに小父さんはお兄さんと一緒に暮らしている間、一度としてそんな必要も感じないままに過ごしてしまった。世界中でたった一人の使い手として、お兄さんとその言語はあまりにも親密に結び付き、一体となっていたから、それを切り離して録音しようなどとは思いもしなかった。しかしだからこそお兄さんを思い出す時、あの独創的で自由自在で愛らしい言語を喋る声がもう一度聞けたらと願い、それが叶わないと気づいていっそう寂しさが増すのだった。

どういういきさつからか、一度母親が言語学の専門家にお兄さんの言葉を聞いてもらおうと試みたことがあった。息子はただ自分勝手に滅茶苦茶に喋っているのではない、周囲の人間が知らないだけで、実はこれは、どこか遠い国の人々が実際に使っている言語なのかもしれない、息子はいつの間にかそれを習得したのだ、誰にも気づかれないうちに、こっそりと……。そう彼女は考えはじめていた。息子の発する言葉の受け手が、弟たった一人ではあまりにもかわいそうすぎて我慢ができなかったのか、あるいは、少数言語を独学で身につける特別な才能が、息子に授けられたのではないかという幻想にすがりたかったのか、いずれにしても母親は必死だった。

その訪問には通訳として小父さんも同行した。お兄さんは十三歳、小父さんは六歳になっていた。言語学者のいる研究施設は、汽車を乗り継いで三時間近くもかかる遠い海沿いの街にあった。母子三人で一緒に遠出をするのはそれが初めてで、そして最後になった。

お兄さんは大事な品（必ずしも遠出に必要な品というわけではなかったが）を一揃え入れた小さな白いバスケットを持ち、一駅過ぎるごとに留め金をパチンと開けて中身を点検した。ビー玉、クリップ、ヨードチンキの小瓶、メジャー、棒付キャンディー。まずビー玉を光にかざし、それからクリップで自分の親指を挟み、次にヨードチンキの小瓶を開けてにおいをかいだあと、一メートルのメジャーを引き伸ばして丸める。棒付キャンディーは包装紙を撫でるだけで、食べずに大事に取っておく。無事点検が終わるとお兄さんは、それぞれをバスケットの決められた位置に、決められた向きで仕舞い、再び留め金を閉じる。

「大丈夫よ。なくなったりしないから」

母親は言った。

「ちゃんと見張っててあげるよ」

と、小父さんも言った。けれど目的の駅に到着するまで、お兄さんの点検は休まず続けられた。

研究所は古めかしく陰気くさい建物で、両側にいくつも扉の並ぶ、黒光りする廊下が長く続いていた。母親はお兄さんの手をしっかりと握り、小父さんはその後ろを遅れないようについていった。時折すれ違う人はあったが、場違いな親子連れに注意を払う者はいなかった。薄暗がりの中、バスケットの留め金だけがぼんやり光って見えていた。

言語学者はぼそぼそとはっきりしない声で喋る、ほとんど腰の曲がりかけた老人だった。三人を歓迎していないのは明らかで、母親が手土産の菓子箱を差し出しても、面倒そうな表情を見せるばかりだった。呼吸器の病なのか、時折、喉が破れるような気味の悪い咳をして小父さんをびっくりさせた。

しかしすぐさま小父さんは、研究室のテーブルにセットされた録音装置に心を奪われ、言語学者の愛想の悪さも恐ろしい咳のことも忘れてしまった。それはかつて彼が見たどんな機械よりも魅惑的だった。思わず回してみたくてたまらない気持にさせる大小さまざまなつまみ、怯える昆虫の触覚のように左右に振れる針、秘密めいた曲線を描くテープ。何もかもが小父さんを虜《とりこ》にした。

言語学者は絵の描かれたカードをお兄さんに見せ、それが何か答えさせた。

「スプーン」「天道虫」「麦藁帽子《むぎわら》」「ラッパ」「キリン」

お兄さんは自分の言語で答えた。

言語学者によって何度繰り返しめくられてきたのだろう。カードはどれも色あせ、手垢で薄汚れ、裏側はセロテープで何重にも補強されていた。天道虫は片脚をもがれ、ラッパの口からは何か奇妙な染みが噴き出し、キリンの首は折れ曲がって、打ちしおれた様子になっていた。

それはあまりにも簡単すぎるテストだった。もちろんお兄さんは全部正解したが、正解だと分かるのは小父さん一人だった。

他にもお兄さんは家族構成や好きな勉強について質問されたり、絵本を読まされたり、童謡を歌わされたりした。適宜言語学者が録音機を回し、簡単なメモを取った。母親は励ますように、息子の背中を撫でた。どう形式を変えようと、お兄さんの口から発せられる言語は一貫していた。その間、白いバスケットを握って離さなかった以外、彼は礼儀正しい態度を保ち続けた。

小父さんはひたすら録音機を観察していた。お兄さんの声がこの半透明で薄っぺらなテープに吸い取られているのかと思うと、不思議でならなかった。いかにも頑丈そうな革張りの箱に守られた機械の奥で、働き者の小人たちがお兄さんの声をせっせと集め、一つずつ麺棒で伸ばしてテープに貼り付けてゆくさまが浮かんでくるようだった。お兄さんのは特別な言葉だから、小人たちは戸惑っていないだろうかと心配した。言語学者がつまみを右にしたり左にしたりするたび、小人たちはその指令に忠実に従った。小さな輪から大きな輪へ、大きな輪から小さな輪へ、テープは滑らかに回転した。老人の手一つで、この複雑な作業がすべて統制されていた。つまみを回す時に指先に伝わる、小人たちの一斉の緊張を想像するだけで、小父さんの胸は高鳴った。

「どこの言語でもありません」

不意にテープが止まった。

「単なる雑音です」

母親が、えっ、と聞き返す間もなく言語学者は追い討ちをかけた。

「言葉でさえ、ないものですな」

老人はカードを束ね、大きな音を立てて机の引き出しに仕舞った。それで終わりだった。

研究対象としている少数言語の収集に、何ら役立たないことが確認された途端、老人の表情は一段と無愛想になった。「そうですか……」とただつぶやくばかりの母親を慰める気配も、お兄さんにいたわりの言葉を掛ける素振りも見せなかった。

唐突にお兄さんはバスケットの留め金を外し、例の点検をはじめた。ビー玉をつまみ上げ、クリップで親指を挟みかけたところで母親がお兄さんの手を握り、

「帰りの、汽車の中でやりましょうね」

と言った。

あの時の録音テープが残っていれば、と小父さんは残念に思った。たとえ言語学者のひどい咳に邪魔されているとしても、あそこには間違いなくお兄さんの言葉が記録されているはずだった。しかしそれは一度として再生されることもなく、キリンのカードほどにも大事にしてもらえないまま、手の届かないところへ消え去ってしまった。地図にも載らないどこか遠い小島に暮らす、内気で善良な人々が息子の仲間ではないだろうか、という母親の願いは打ち砕かれた。小島の住人はお兄さん一人だった。けれどそこは決して荒涼とした不毛の地ではなかった。波は穏やかで、思索にふけるに相応しい木陰があちこちにあり、頭上では小鳥たちがさえずっている。そしていつでも小父さんが好きな時に、手漕ぎボートに乗って接岸することができる。

お兄さんの言語を知らない人に、それを再現して聞かせるのは、たとえ小父さんでも

難しかった。分かることと、喋ることは別だった。カードの絵を当てるように、単語一つ一つを発音するのは可能だとしても、それは単なる断片に過ぎず、言語の全体を支える骨格と、根底を流れる響きの魅力をよみがえらせるのは不可能だった。

言語学者は雑音の一言で片付けたが、愚かとしか言いようがない。お兄さんの言語は乱雑さとは正反対にあった。文法は例外を許さない強固なルールに則《のっと》って組み立てられ、語彙《ごい》は豊富で、時制、人称、活用形なども整っていた。好ましい素朴さと、長い年月を費やして形成された地層のような安定と、思いがけない細やかさが絶妙に共存していた。

しかし最も特徴があるのは発音だった。音節の連なりには、誰も真似できない独特な抑揚と間があった。ただ単に独り言をつぶやいているだけの時でも、まるでお兄さん一人にしか見えない誰かに向って、歌を捧げているかのように聞こえた。一番近いのは何かと聞かれれば、それはやはり、僕たちが忘れてしまった言葉、といつかお兄さんが言い表わした、小鳥のさえずりだった。

それほどの言語であったのに、お兄さんは書き言葉を残さなかった。喋るだけで十分、紙に書く必要などない、という態度だった。逆に言えば、耳と目をつなぐ目印となるものがないままに、一つの言語を編み出したことになる。小鳥のさえずりだけをお手本に、お兄さんはただ一人、自分で自分の耳に音を響かせながら、小島に散らばる言葉の小石を、一個一個ポケットに忍ばせた。小鳥たちのさえずりからこぼれ落ちた言葉の結晶を、拾い集めていった。

当然ながら母親は、小島に接岸する小父さんの手漕ぎボートに同乗したがり、できれば自分でオールを漕ぎたいほどの熱意を見せた。小島に上陸できるのならば、どんな努力もいとわなかった。小父さんの手を借りながら、彼女は少しずつ息子の言語を覚えようとし、実際、最初の頃の訳も分からない状態からは脱したが、小父さんからすれば十分とは言いがたかった。彼女の耳は既に、語尾の微妙な変化を聞き分ける柔軟性を失っていたし、しばしば、こうあってほしいという願望を織り込んで、本来の意味を歪める場合があった。

それでも母親は、自分には息子の言葉が分かる、との自負を持つようになった。お兄さんの言っている意味が分からない時でも、分かった振りをした。振りを続けながら、本当は分かっているのだと自分に思い込ませた。

母親の間違いに気づいても、小父さんは訂正しなかった。例えばある時、

「チクチクするチョッキは嫌だ」

とお兄さんが言った。

「あら、そう？　安物の苺だったからかしら」

と母親は答えた。チョッキと苺は、発音がよく似ているのだった。

「今度からは産毛をちゃんと洗い落とさなくちゃね」

あくまでも昨夜食べた苺について語る母親の言葉を背中で聞きながら、お兄さんは毛糸のチョッキを脱ぎ、タンスの引き出しの一番下に押し込めた。

あるいはお兄さんが、

「シャンプーはしない。髪が濡れると半分死んだ気持になるから」

と言った時は、母親は大きくうなずいて同意した。

「本当にそうねえ。あなたの言うとおり。夜遅くまで起きているのは、体に毒よ」

シャンプーと夜更かしの発音は、さほど似ているとは言えなかった。

小父さんもお兄さんも、母親に向って「間違っている」と言わなかった。どんなに形の違う小石でも、一緒にポケットに入れておくうち、不思議と馴染んでくるものだとよく知っていたからだ。兄弟はただ黙って、チョッキと苺とシャンプーと夜更かしの小石がカチカチと鳴る音に、耳を澄ませるばかりだった。

たった一つ、新しい言語の誕生以前と以降で、変わらない単語があった。棒付キャンディーの〝ポーポー〟だった。ポーポーだけは、ずっとポーポーであり続けた。

それは近所の雑貨店、青空商店で売られている、何の変哲もない丸い飴で、レジの脇の広口ガラス瓶の中に入っていた。苺、メロン、葡萄、ミカン、ソーダ、薄荷、そしてもちろんレモンと多くの色があり、それぞれの色の包装紙でくるまれていた。ただし味はさほど変わらず、食べ終わった後の舌の色が違うだけだった。

毎週水曜日の夕方、兄弟は青空商店でその棒付キャンディーを一本ずつ買うのを習慣にしていた。小父さんは母親に、

「あなたは手出ししちゃ駄目よ」

と厳しく言い付けられた。

「注文するのも、お金を渡すのもお釣りをもらうのも、全部お兄さんに任せるの。よっぽどの場合じゃない限り、手助けしちゃいけないの。いい？」

学校に行けなくなって以来、お兄さんの外出先は青空商店だけになっていたから、母親はこの買い物を、貴重な社会訓練の機会ととらえていたようだった。よっぽどの場合、というのがどういう場合なのか小父さんにはよく分からず、多少不安ではあったものの、キャンディーが買ってもらえるのはとにかくうれしいことであった。ただ小父さんとしては、時にはチョコレートやキャラメルも食べたかったのだが、お兄さんがポーポーに

対して見せる執着を考えると、とても自分の希望など口に出せなかった。

青空商店は孤児院に続く路地の、一つ手前の通りの角にあった。客が三人も入れば一杯になる小さな雑貨店で、頭にスカーフを被った、顔色の悪い店主のおばさんが一人で店番をしていた。がたがたとうるさいガラス戸を開けて中に入ると、コンクリートの床からいつもひんやりとした空気が立ち上ってきた。

「ごめん下さい」

各々の言葉で兄弟が言うと、声が重なり合い、いっそう不思議な響きとなった。しかし毎週のことですっかり慣れたのか、大した買い物をしない子供になど興味がないのか、店主は少しも表情を変えなかった。

レジのあるカウンターに並べられた菓子類以外、子供が喜びそうな品物はなかったにもかかわらず、小父さんは青空商店の陳列棚をぐるりと見回すのが好きだった。そこにはびっしり隙間なく商品が詰め込まれていた。向って左側には洗濯糊、ちり紙、石鹸《せっけん》、蠟燭《ろうそく》、歯磨き粉、そこから缶詰類を境に食用油、小麦粉、化学調味料と食品に移ってゆき、ケチャップ、氷砂糖、乾麺、ジャムと続く。上の棚にはいつから売れ残っているのかと思う三角巾やメスシリンダーやニクロム線が見え隠れし、床には台秤《だいばかり》や鍬《くわ》や糸車が置かれている。店主の後ろの壁は煙草や切手や印紙、木綿糸、ボタン、ゴム紐など細々としたもので埋まり、天井からはアルミの鍋類と虫籠が吊り下げられている。

青空商店はあらゆる雑多な商品を材料にして作られた小部屋だった。小鳥がボロ布や針金を集めて嘴でこしらえた巣だった。ラベルが逆さになっていたり、袋が日に焼けて変色していたり、缶詰の縁がへこんでいたり、そんな手入れの行き届いていないところがまた、一個一個長い時間を掛けて積み上げていったさまを想像させた。店の中に立つと小父さんはなぜか、安全な場所に守られているかのような気分になった。何か危険な出来事が起こっても、ここにだけはその害が及ばないのではないだろうか、という気がした。そんな店の真ん中に一日中座っていられる店主が、うらやましかった。

しかしお兄さんは陳列棚をきょろきょろ見回したりはしない。視線はひたすらポーポーにのみ注がれる。まず二、三度咳払いをしてから、間違えることを恐れるような慎重さで広口ガラス瓶を指差す。十分心得ている店主はお兄さんが何か言う前に立ち上がり、頭のスカーフを解いて瓶にかぶせ、蓋を回す。地肌があらわになった店主のつむじを見つめながら小父さんは、スカーフを巻いているのはこれを隠すためなのかと思う。蓋はギジギジといかにも面倒そうに回り、カウンターに錆《さび》の粉をまき散らす。その粉がキャンディーの中に紛れ込まなければいいが、と小父さんは案ずる。

「さあ、今日はどれにする？」

店主はスカーフを丸め、顔と同じくらい血色の悪い手でカウンターを拭きながら尋ねる。

「葡萄」

と、お兄さんは答える。

「はいよ」

不思議なことに店主は、まるでお兄さんの言葉に頓着しなかった。ちゃんと分かるように言っておくれ、と詰め寄るでもなく、小父さんに通訳を頼むでもなく、かと言って無視する訳でもなかった。無視するのなら最初から、何色にするか聞く必要もないはずだった。彼女はちゃんとお兄さんの言葉を聞き届けてから、広口瓶の中に腕を突っ込んだ。

好き勝手な向きになって重なり合う棒の中を、五本の指が侵入してゆく。キャンディーたちはカサコソ音を立てる。店主は瓶を傾け、指定された色を見つけ、そこへ向ってさらに深く指を埋める。なぜか目指す色は、毎回、瓶の奥の方に隠れている。

「はい、これ」

一本抜き取ったキャンディーを、店主はお兄さんに差し出す。それは必ず、色が違っている。

「ありがとう」

お兄さんはお礼を言う。僕、葡萄って言ったんですけど、などと文句もつけず、不満そうな顔もせず、これこそ自分が望んだ色のポーポーだという様子でキャンディーを握り締める。

「おちびさんは？」

今度は小父さんの番になる。

「レモン」

小父さんの望む色は口のすぐそばにあって、手を押し込まなくてもたやすく取れる。それはいつでも正しい色だ。

余計な手出しはしない、という母親の言い付けを守り、小父さんは黙って成り行きに任せた。自分が一言通訳すれば丸く収まると分かっていながら、そうはしなかった。店主に悪気がないのを知っていたので、わざわざ間違いを指摘して、安全基地の主である彼女をがっかりさせたくなかったのだ。それでもやはり、お兄さんのポーポーは間違っていて、自分のは合っている。そのことに小父さんは罪悪感を持った。お兄さんだけが不当に扱われているのに、抗議すべき相手が見当たらないような、もどかしさがあった。

「さあ、帰ろう」

お兄さんがちゃんとお釣りを小銭入れに仕舞うのを確かめたあと、自分のもどかしさを打ち消すようにことさら元気のいい声で小父さんは言った。店主は再びスカーフを頭に被り、顎の下できつく端を結んだ。今度は錆がおばさんの髪にくっつくのではと、小父さんは気にした。カウンターの奥の椅子に体を沈めると、店主は陳列棚の色合いの中に紛れ、ほとんど商品と区別がつかなくなった。

家に帰り着くとすぐさま、我慢できずに小父さんはキャンディーを食べた。しかも途中でなめるのに飽き、がりがり嚙み砕くので、あっという間になくなってしまった。一方お兄さんは辛抱強く大事にとっておき、火曜のお昼になってようやく包装紙を開け、数時間かけてゆっくりとなめた。ポーポーが口の中にある間、お兄さんは一言も口をきかなかった。

途中、小父さんはお兄さんに頼んで、小さくなってゆくキャンディーの形を見せてもらった。

「今、どんな具合?」

そう尋ねると、お兄さんは気安く唇の間からキャンディーを引っ張り出してくれた。お兄さんの唇は溶けた砂糖でぺたぺたと光って見えた。

「うん、ありがとう」

小父さんは言った。

自分も少しなめさせてもらいたいからではなかった。キャンディーが間違いなくちゃんと小さくなっているのを確かめないと、このままずっと口がふさがったままになり、お兄さんはとうとう何語であれ一言も喋らなくなるのではないか、と心配だったからだ。最後までがんばって棒の先にしがみついていた、ほんの小さな一欠けらが溶けてなくなると、小父さんは密かにほっとした。

お兄さんがポーポーを愛した一番の理由は、メーカーのシンボルマークが小鳥だったからではないかと思われる。何の種類かははっきりしないが、丸みを帯びた胴と小さな嘴を持った、キャンディーと同じ色の小鳥のイラストが包装紙一杯に印刷されていた。羽を広げ、気持よく胸をふくらませ、笑みを浮かべるような表情で空を飛んでいた。

お兄さんは決して包装紙を捨てなかった。一個食べ終わるごとに、丁寧に皺を伸ばし、専用の箱に仕舞った。もちろん小父さんは自分の分をお兄さんにあげた。

ある日お兄さんは箱一杯に溜まった包装紙を、一枚一枚糊で貼り合わせはじめた。食卓に材料を広げ、何日も作業に専念した。

「何してるの?」

幾度か小父さんが尋ねたが、お兄さんは手を休めることなく、あいまいに「うん、ちょっと……」と答えるばかりだった。

これは見た目ほどに単純な作業ではないと、小父さんは理解した。お兄さんはただ包装紙を糊付けしているのではなく、ほんの少しずつ端をずらして縁がなだらかな斜面になるようにしながら、同時に、重なり合う色が濁らず、微妙に美しく変化するよう配色にも気を使っていた。

人差し指に適量糊を取り、新聞紙の上で包装紙の裏にのばし、一ミリにも満たないずれ幅を目分量で測りつつ、重ね合わせてゆく。延々、その繰り返しだった。食卓の向いに座り、小父さんはいつまでも飽きずにお兄さんの手元を見つめていた。最早お兄さんは、ポーポーの包装紙を世界中で一番巧みに扱える人物となっていた。たとえ毎日キャンディーを包装しているお菓子工場の工員であっても、お兄さんにはかなわないだろうと思えるほどであった。糊が多すぎてはみ出すこともなければ、目分量を誤って斜面の角度が不自然に変化することもなかった。同じように見えても包装紙は一枚一枚、裁断の具合によってわずかな誤差があったが、お兄さんの指はそれを素早く感じ取り、微調整してゆくだけの能力さえ備えていた。

一枚だけでいいから自分もやってみたい、と小父さんは思ったが、とても口に出しては言えなかった。お兄さんの邪魔にはなりたくなかった。お兄さんの指先は乾いた糊でカサカサになり、新聞紙は緊張に満ちた作業のせいでぐったりとし、箱の中の包装紙たちは自分の順番が来るのを辛抱強く待っていた。

「これ、全部貼り付けるの？　で、そのあと、どうなるの？」

どうしてもこらえきれずに小父さんが口を開くと、

「どうなるのかなあ……」

などと作業の見事さとは裏腹に頼りない返事をしながらも、迷惑そうな素振りは見せなかった。本当に自分でも、何をしようとしているのか説明できないかのような口ぶりだった。

その間にも着実に包装紙は重なり合っていった。シンボルマークの小鳥が、一羽一羽お兄さんの手にすくい上げられ、掌で温められ、新しい巣箱に収められていった。まだわずかに残るキャンディーの香りが、少しずつ巣箱の中を満たしはじめていた。

最後、一番上に貼る一枚は最初から決められていたのだろうか。それは孤児院の鳥小屋にいるレモンカナリアと同じ、黄色い包装紙だった。すべての包装紙が張り合わされたあと、それは見事な立体となった。棒付キャンディーを包むだけの、すぐに丸めて捨てられてしまう紙だった頃の名残は、もうどこにもなかった。たっぷりとした厚みは堅固で、弛みがなく、確かな重みを持っていた。あれほどの手間が加えられたというのに、まるでごく自然に、ありのままの形でずっとそこにあったかのようなさり気なさを漂わせていた。そして何より最も目をひくのは、すべての色の重なりが一続きになった側面だった。

「触ってもいい？」

思わず小父さんはそう口に出していた。

「うん、構わないよ」

と、お兄さんは言った。

それは滑らかな地層だった。一つ一つ時間を費やして積み重ねられた証《あかし》が、その滑らかさから伝わってきた。互いの色は互いを邪魔せず、元々は十を超える種類の色だったことを忘れさせるくらいに調和して、新たな一つの色合いを生み出していた。

「すごいね」

素直に小父さんは言った。お兄さんは何も答えず、うつむいて手についた糊をはがしていた。

しかし本当にすごいのはそのあとだった。遺跡を発掘するように、お兄さんはカッターで地層に切り込んでいった。切り出されたのは小鳥だった。羽を広げ、胸をふくらませ、空を飛んでいるレモンイエローの小鳥だった。

お兄さんはそれに接着剤で安全ピンを取り付け、小鳥のブローチにして母親の誕生日にプレゼントした。母親はいつでも、家にいる間も買い物に出る時も、それを左胸に留めていた。レモンイエローの小鳥は、地層の一層一層に眠る色とりどりの小鳥たちについて思いを馳せるように、母親の胸で羽を広げていた。これが母親の最後の誕生日になった。

3

難しい血液の病気で母親が死んだあと、九年ほどして、今度は大学の停年退職を目前に控えた父親が急死した。夏休み、ゼミの学生や助手たちと民宿で合宿中に、海で溺れたのだ。

朝食の準備をしていた民宿の主人が、台所の窓越しに海へ入ってゆく父親の姿を認め、早すぎる時間を不審に思いつつ、しばらくして再び窓に目をやると、既に彼は波間に飲まれたあとだった。最初、魚が跳ねているのかと思いました。飛び散る飛沫《しぶき》が朝焼けに染まってとても綺麗に光っていたんです。と主人は、父親を迎えに来た小父《おじ》さんに向って言った。

なぜ父親がそんな早朝、一人で泳ごうとしたのか不明だった。合宿中、自由時間に皆が海水浴に興じている間、父親は自室にこもって浜辺には一度も姿を見せず、学生たちからは教授は泳げないのだと思われていた。しかし彼はその日の明け方、一人海水パンツに着替え、タオル一枚も持たず、準備運動もしないまま、まだ夜の冷気が残る海水へ体を沈めた。はいていたのはたいそう古い海水パンツだった。元々の模様が分からないくらいに色落ちし、ウエストの紐は半ば朽ちてぼろぼろになり、お尻の生地は磨り減って、ほんの少し引っ張っただけで破れそうになっていた。遺体を確認した時小父さんは、海水パンツはとうの昔に息絶えたのに、何かの手違いで置き去りにされていた体が、ようやく本来あるべき場所にたどり着いたかのようだ、と思った。父親の顔には苦悶の代わりに安堵の表情が浮かんでいた。

両親を亡くした時、お兄さんは二十九歳、小父さんは二十二歳になっていた。以来、彼らは二人きりで共に暮らした。

小父さんは家から自転車で十分くらいのところにある、金属加工会社のゲストハウスの管理人として働いた。時間の融通がきくその仕事ならば、何か気になることがあっても、お兄さんの様子を見にすぐ家へ帰れるからだった。

そこは地元の素封家《そほうか》がかつて所有していた別宅を会社が買い取り、接待用に改装したもので、斜面になった日当たりのいい庭はバラ園になっていた。石積みの邸宅は隅々にまで丁寧な細工が施され、風格に満ちていた。さほど広くはなかったが、南側に張り出すテラスのおかげでゆったりとした雰囲気があった。会食用の広間や談話室、喫煙室、サンルームなどどの部屋も居心地よく整えられていた。

小父さんの仕事は、いつゲストがやって来てもいいよう、そこをベストの状態に保っておくことだった。清掃業者やバラ職人の手配、空調設備の点検、カーテン、絨毯《じゆうたん》類のクリーニング、消耗品の買い足し、家具の修繕など、仕事の種類は多いものの、忙しいというわけではなかった。彼はただ業者に連絡したり発注伝票を書いたりするだけで、実際に動き回るのは外部の人たちだった。小父さんの役目のほとんどは、彼らが約束どおりきちんと仕事をしているかどうか見守ることにあった。古い屋敷をひっそりと動き回るだけの、何も生み出さない仕事だった。そのことに小父さんは満足していた。

管理人専用の事務室には半地下の小部屋が充てられていた。ボイラー室や倉庫を除けば、そこはゲストハウスで唯一日の当たらない部屋だった。太陽だけでなく、上品な装飾ともバラの花園とも無縁だった。壁際に簡素な事務机と回転椅子が置かれ、あとは作りつけの棚に並ぶ書類が目に入るくらいで、他には何もなかった。天井は低く、壁の塗料ははげ落ち、床は冷たく湿っぽかった。地面と同じ高さにある小窓は、何年も開けられた試しがなく、鍵は動かなくなっていた。

小父さんはその部屋で、本社からゲストハウス使用の日程について電話連絡が入るのを待った。接待があるのはせいぜい一か月に二度か三度ほどで、あとはひたすら顔も知らない来訪者を待つだけの日々が続いた。いざゲストが決まったあとに進められる準備は、もちろん人数や目的によってさまざま変わってくるが、どんな場合においても小父さんは速やかに対応できた。出張料理人との打ち合わせ、食器類の確認、アルコールの補充、手土産の用意。やるべきことはいつも決まっていた。

ゲストの職種は多様だった。取引先の関係者もいれば、官僚もいた。学者もいれば芸術家もいた。ある人ははるばる外国から、またある人は家族を引き連れてやって来た。小父さんは車寄せで彼らを出迎えたが、誰一人、そこに立つ猫背で伏し目がちな男に目を向ける者はいなかった。和やかな談笑も温かい料理の匂いもすぐそばにありながら、すべて小父さんの手が届かない場所の出来事だった。ゲストハウスの中では、まるで木の実をついばむ小鳥たちを驚かせないようにするかのごとく、足音を忍ばせ、息をひそめ、影さえ消すほどの静けさで振る舞った。それが少しも苦ではなかった。ゲストたちの意識を煩わせず、視界をちらりと横切りもせず、もちろん一言の言葉も交わさないまま無事彼らを見送ること、小鳥たちが寒さに耐えるための食糧を思う存分食べ終え、無事ねぐらへ帰ってゆくこと。それが小父さんの望みだった。

ゲストの来訪がない日は、昼の十二時に戸締りをし、途中のパン屋でサンドイッチを二人分買って一旦家へ帰るのが習慣だった。戸締りに五分、自転車が十分、パン屋での買い物が五分の計算で、きっかり十二時二十分に昼食がはじめられるよう、お兄さんが缶詰のスープを温めて待っていた。鍋の中でポタージュスープは、煮詰まりもせず、半煮えでもない丁度いい加減に温まっていた。

二人は食卓に向い合って一緒にサンドイッチを食べた。放っておくとお兄さんは好物の卵とコンビーフしか手に取らないので、小父さんは栄養を考え、トマトや胡瓜も食べるように勧めた。

「うん」

と言ってお兄さんは素直に従った。

二人はあまり余計なお喋りはしなかった。せいぜい午前中庭に現れた野鳥についてお兄さんがぽつぽつと語り、小父さんが相槌を打ち、時に鳥の種類が分からないと、野鳥図鑑を広げて確かめるくらいのことだった。図鑑は常に食卓の片隅に置かれ、塩と胡椒の瓶や台布巾と同じ扱いを受けていた。それがあるおかげで小父さんは、シジュウカラやコゲラやヒヨドリが〝ポーポー語〟で何と呼ばれるか、すぐに覚えられた。

「今日、ツグミが来たよ」

「じゃあ、もう冬だ」

「うん」

「枝にリンゴ、刺しておいたの？」

「でもツグミはリンゴを食べない」

「どうして？」

「遠慮して」

「へえ」

「先にヒヨドリがいたから」

「仲が悪いの？」

「ヒヨドリは賑やかで、頭がボサボサして、腕白だ。ツグミは圧倒されて、地面で土を掘り返してた」

「喧嘩はしないんだね」

「しない。土の中の虫を探すだけ。いじけてもいないし、めそめそもしていない。ただ、遠慮しているだけ」

「へえ、そうなのか……」

「でも、ヒヨドリがこぼしたリンゴの屑は食べるよ」

お兄さんが小父さんに仕事の話を尋ねることはなかった。小鳥の話が済むとまた静けさが戻り、食堂にはサンドイッチを飲み込む音とスープをすする音だけが流れた。ツグミもヒヨドリももうどこかへ姿を消していた。

食後にはお兄さんの切ったリンゴを食べる。小鳥たちにやった分の残りだ。見事な小鳥ブローチの製作者である彼は、リンゴもまた同じくらい見事にむくことができる。

十二時四十五分になると小父さんは自転車にまたがり、ゲストハウスへ戻ってゆく。お兄さんは食器を洗い、缶を洗い、図鑑を閉じ、あとは再び小父さんが帰ってくるのをいつまでも待つ。

相変わらず水曜日のお兄さんの青空商店行きは続いていた。仕事の都合で小父さんは同行できなくなり、店主のおばさんは死んで娘が跡を引き継ぎ、店は雑貨屋から青空薬局に衣替えして、さまざまなことが時間と共に移り変わってはいたが、なぜかポーポーだけは昔と同じように売られていた。色の種類も大きさも包装紙のデザインもそのままに、蓋が錆付いた広口ガラス瓶の中に詰め込まれていた。

店の前を自転車で通る時、小父さんはついガラス瓶に目をやってしまった。そして、自分が一緒に買い物をしていた子供の頃から、中身はずっと同じなのではないかという錯覚に陥った。あれはお兄さんのためだけの瓶で、他の客には売らない決まりになっている。底の方にはいまだ順番が回って来ず、おおかた化石のようになりながらも、選ばれるのを待つポーポーがいる。十年でも二十年でも、いつか小鳥ブローチになれる日まで待ち続けている……。そんな想像を巡らせた。

洗濯糊の代わりに風邪薬や下剤が、食用油の代わりに化粧水やコールドクリームが並び、天井の鍋と虫籠は薬品会社の宣伝用モビールに姿を変えたものの、安全な巣の気配は損なわれていなかった。新しい店主は薄毛隠しのスカーフ以外、顔色の悪さから口のきき方まで前店主とそっくりだった。水曜日の客についてはしっかり申し送りがなされているらしく、まず欲しい色を尋ね、それから底の方の一本を取り出すという手順は忠実に受け継がれた。新店主もまた、必ず色を間違えた。

青空薬局での買い物は最早、儀式のように型が定まり、社会訓練になればとの母親の思いはとうに失われていたが、それでもやはり、ポーポーだけが彼と外の世界をつなぐか細い糸であることに変わりはなかった。遠い昔に結んだ母親との約束を守り続けようとするかのごとく、毎週毎週お兄さんはポーポーを買いに出掛けた。

仕事から帰って、食卓に新しいポーポーが一本置かれているのを見ると、今日は水曜日だったんだと小父さんは思い、火曜の夜、お兄さんがポーポーをなめているのを見ると、明日は水曜日だ、と思った。

「ガスの火をちゃんと止めること」

そう小父さんが念押しするのも、儀式の一つに加わっていた。

「鍵を掛けるのを忘れないで。お金は食器戸棚の引き出しの中だから」

お兄さんはポーポーをくわえたまままうなずいた。彼は一度として、ガスを点けっぱなしにしたり、鍵を掛け忘れたり、お金を落としたりしたことはなかった。

小鳥ブローチは六個めを数えようとしていた。包装紙が一定量溜まると、製作がはじまった。手順に変更はなく、いくつもの糊とカッターの刃が消費された。黄色の次は紫、赤、青、水色と、一番上に選ばれる色は順番に変わっていった。完成すると母親の写真の前に並べて飾られた。

最初のレモンイエローの小鳥から比べると腕は少しずつ進歩し、地層の固め具合にしてもカッターの使い方にしても、より洗練されていた。それでも小父さんは最初のレモンイエローのブローチが持つ、どこかたどたどしい、遠慮深い雰囲気が一番好きだった。

たいていの週末、ゲストハウスの仕事は休みだったが、二人はほとんどどこへも出掛けなかった。小父さんはせいぜいスーパーで買い物をするか、図書館へ行くくらいで、あとは掃除をしたり、仕事が遅くなった日のお兄さん用の料理を冷凍したりしているうちに、休日は過ぎていった。シチューを煮込み、コロッケを丸め、シューマイを包んでいる小父さんのそばでお兄さんは、庭の野鳥の声に耳を澄ませていた。

夜は二人で一緒にラジオを聴いた。番組の種類にこだわりはなく、小説の朗読もあれば、オペラ公演の中継もあった。ラジオは居間の片隅にある、古びたチェストの上、母親の写真の隣に置かれていた。耳を澄ませることに関して、お兄さんは特別な才能を持っていた。感想など述べなくても、その姿を見ていれば、ラジオから流れてくる一語一語、一音一音をどれほど深く味わっているか、よく分かった。彼の中身は透明で、空っぽで、ただ耳だけが小鳥や朗読やオペラに向って捧げられる。だからこそ音たちは余計なものに邪魔されず、意味さえ脱ぎ捨て、ありのままの姿でお兄さんの中に染み込んでいった。

夕食の食器洗いは全部済んで、台所はきれいに片付き、煩わしい用事は何も残っていない。居間はカーテンが引かれ、明かりが点され、夜の闇は遠ざけられている。小鳥たちが無事、巣に帰ったあとの庭は静まり返り、ただ兄弟二人だけが小さな家の真ん中に座っている。ラジオからどこか遠い国のおとぎ話が聞こえてくる。あるいは瀕死の恋人を抱きかかえて悲嘆に暮れる、プリマドンナのアリアが流れてくる。お兄さんは体の前で手を組み、自分の指先のあたりに視線を落とし、どんなささやかな音も聞き逃さないよう息を殺している。お兄さんのすべてが耳になったかのように見える。その耳は音の前でひざまずいている。

この世の音はお兄さんの耳だけに本当の姿を響かせているのだ、と小父さんは思った。お兄さんの邪魔にならないよう、用心しながらお茶のお代わりを注いだり、電波が悪くなるとアンテナを微調整したりした。自分もお兄さんの真似をしようとして一生懸命ラジオを聴いた。写真の母親と小鳥ブローチたちも一緒に耳を澄ませた。けれどどうしてもお兄さんのようにはいかなかった。

「もう遅いから、寝ようか」

頃合いを見計らって小父さんは言った。

「うん」

ラジオが消えてもしばらくは響きが耳に残っているせいなのか、お兄さんはふわふわした足取りで、二階の寝室へ上がっていった。

「おやすみ」

「おやすみ」

ポーポー語の中で小父さんが最も愛しているのは、おやすみ、だった。ああ、これは夜の小さなお別れを表しているのだなと分かる響きを持ち、どこか懐かしく、慈悲深く、小さな声でも闇の遠い一点にまで届いていった。お兄さんの「おやすみ」がいくつも重なり合うと、いつしか「さよなら」になるのだろうという予感がありながら、それでもやはり眠る時間になれば、また「おやすみ」を聞きたい気持になるのだった。

「おやすみ」

お兄さんには届かないと知りつつ、階段の向こうの暗がりを見つめながら、小父さんはもう一度だけつぶやいた。


ゲストハウスの仕事をはじめて五年ほど経った時、溜まった有給休暇を消化するように言われ、兄弟二人での旅行を計画したことがあった。

「高原のバンガローに泊まろう」

小父さんは提案した。お兄さんはさほど乗り気ではなかった。

「野鳥が一杯いるよ」

小鳥を持ち出してもあまり効果はなかった。

「バーベキューをしようか。鉄板の上でソーセージや玉ねぎを焼くんだ。それに、水曜日にはかからないから、青空薬局にはちゃんと行ける」

うん、とも嫌だ、とも言わないままお兄さんは旅行の支度をはじめた。しぶしぶの割にはかなり徹底した支度だった。たった一泊二日の予定にもかかわらず、彼が持って行くと決めた荷物の量は、ボストンバッグ二つにはとても納まりきらないほどだった。

下着六組、替えズボン三本、セーター四枚、カッターシャツ六枚、毛糸の帽子、腹巻、雨合羽、双眼鏡、ヘアブラシ、裁縫箱、靴墨、かゆみ止め軟膏、湿布、整腸剤、コンパス、ジュースの王冠、ポタージュスープの缶詰、ラジオ、野鳥図鑑、母親の写真……。こうしたものたちが居間の床に並べられた。これらを鞄に詰め、また取り出し、順番を変えたり畳み方を工夫したりして再び詰め直し、と何回も繰り返している様子を見て、小父さんは納戸から父親のボストンバッグをもう一個、引っ張り出してこなくてはいけなくなった。生前、学会であちこちを旅する時、父親が使っていたバッグだった。

「無理に全部、持っていかなくてもいいんだよ」

試しに小父さんは言ってみたが、お兄さんの心は既に、荷物を減らすことより、いかにすべてを詰めるかの問題に傾いていた。出発日が近づく中、お兄さんはあきらめず作業に専念した。途中、更に新たな荷物（シッカロール、肝油、砂時計など）を加え、自らハードルを高くした。床に座り込んだ彼の姿は、漂流物に取り囲まれた海鳥のようだった。

驚くことにお兄さんは持参すべき荷物を全部、ボストンバッグ三個に納めきった。一個一個の荷物が極限まで縮こまり、寄り添い合い、譲り合いしながらボストンバッグの中で一塊になっていた。どんなわずかな空洞にもその形に相応しい品があてがわれ、重いものは底辺で耐え、軽いものはできるだけ負担にならないようにと上の方で息をひそめていた。最後、三つ目のボストンバッグの上部に残った唯一の隙間に、お兄さんは子供の頃の白いバスケットを納めた。いつか言語学者の研究所へ行く時持っていたバスケットだ。ビー玉、クリップ、ヨードチンキの小瓶、メジャーが入ったままのその中に、お兄さんは先週買ってきたポーポーを加えた。作業の完璧な終了を証明するように、ボストンバッグのファスナーはスルスルと気持のよい音を立てて閉まった。

出発当日、お兄さんが二つ、小父さんが一つ、分け合ってボストンバッグを提げ、家を出た。間際まで、小父さんが汽車の中で食べるお弁当作りに追われている間、お兄さんは脚立に上り、いつもより大きく切ったリンゴを庭のイチイの枝に刺していた。一応二人の装いは、普段着よりもこざっぱりとして見えた。お兄さんはインド綿の涼しげなカッターシャツにスラックス姿で、おろしたてのスニーカーを履いていた。全部小父さんがその日のためにデパートで買ってきたものだった。頭には小父さんの真似をしてヘアリキッドをふりかけていた。

二人は並んでバス停へ向った。重すぎるボストンバッグのため、ブロック塀に沿ってよたよたとしか歩けなかった。昇ったばかりの太陽が早くも照りつけ、お兄さんのシャツはあっという間に汗まみれになってしまった。

「いつでも交替するよ」

空いた方の手を伸ばして小父さんは言った。

「いや、大丈夫だ」

と、お兄さんはボストンバッグの持ち手を握り直して言った。

二人の背中を夏の光が容赦なく覆っていた。青空薬局はまだ開店前で入口にはカーテンが引かれ、公園からは蟬《せみ》の声が渦になって聞こえてきた。

「高原は涼しいか？」

お兄さんが尋ねた。

「うん、涼しいよ」

小父さんは答えた。

「バンガローのベッドは二つあるか?」

「ある」

「枕は?」

「二つある」

「バーベキューで火傷《やけど》はしないか?」

「しない」

「ラジオの電波は入るか?」

「入る」

その時二人は路地を曲がり、幼稚園の鳥小屋の前に差し掛かった。夏休みで人影はなく、ただ小鳥たちだけが普段どおり元気に飛び回っていた。

「家へ帰る」

足を止め、フェンスにもたれ掛かってお兄さんは言った。

「えっ?」

と小父さんは聞き返した。

「家へ帰る」

お兄さんは同じ言葉を同じ調子で繰り返し、ボストンバッグを提げたまま、いっそう強くフェンスに体を預けた。鳥小屋を見学する指定席のようになっているそこは、既に体の形に沿ってへこみができていた。そのへこみの中にお兄さんはすっぽりと納まった。

「もうすぐそこの大通りに出れば、バス停だよ」

小父さんは路地の向こうを指差した。

「バスに乗って、汽車に乗れば、高原に着く。ベッドも枕も二つずつあって、火傷しないバーベキューが食べられて、ラジオの聴ける、涼しいバンガローがあるんだ」

けれどお兄さんの足はもう一歩も前へは進まなかった。

結局二人は家へ逆戻りし、服を着替え、ボストンバッグの中身を全部、元あった場所へ片付けた。お昼になると、お弁当を広げて食べた。

「あー、やれやれ」

冷えたお茶を飲み干し、二人はソファーに寝そべった。旅行から帰ってきたばかりのように心地よく疲れていた。

以来、兄弟はどこにも旅行しなかった。二人が一緒に出掛けるのは幼稚園の鳥小屋の前まで、といつしか決まっていた。家から鳥小屋までの間に、お兄さんに必要な場所、内科・胃腸外科の個人医院と歯医者と理髪店と眼鏡屋と電気店と青空薬局は、全部揃っていた。他にどこに行く必要もなかった。ただ、ボストンバッグに荷物を詰めるだけで十分だった。

一年に一度か二度、小父さんが旅行の計画を立て、それに合わせてお兄さんが荷物の準備をした。火山湖のほとりで釣りとキャンプ、山奥の修道院見学、保養施設で湯治、ボートでの運河下り、雪山の貸し別荘でスキー、孤島で海水浴、石器時代の遺跡と博物館見物……。さまざまな旅行があった。小父さんは地図を広げ、行き先を赤鉛筆で囲み、時刻表を調べてどの汽車をどう乗り継いだら一番早く到着できるか案を練った。ガイドブックで宿を探し、運賃を計算し、レポート用紙に行程をメモした。

お兄さんは旅行の行き先について希望は述べず、すべてを小父さんに任せていたが、決して無関心というわけではなかった。荷物係りとしての責任から、プランが固まりはじめるとあれこれ質問を繰り出し、準備に必要な情報を集めた。

湖の深さは何メートルあるか、修道院の床の材質は何か、ボートに救命胴衣は何着用意されているか、孤島へ行くフェリーに乗り物酔いの薬は置いてあるか、博物館の中は温度が何度に設定されているか。

どの質問も的を射ていた。できるだけ正確に答えようとして小父さんは、フェリーの運行会社に電話をしたり、百科事典をめくったりした。

行程表が完成すると、いよいよそこからはお兄さんの出番だった。タンスの引き出しから台所の床下収納から、洗面台の上から屋根裏部屋から、必要と認定された品々が引っ張り出され、床に並べられた。当然ながら行き先と目的によって選択の基準は変化した。遺跡見学には大事な遺物を傷つけないための柔らかいゴム底の靴と軍手が、湯治にはふやけた踵《かかと》を削るためのやすりが、釣りには魚類図鑑が選択される、という具合だった。なぜこんなものが？　と思われる品にも必ず持って行くべき理由があった。ジュースの王冠は迷子にならないよう、山道へ置いて目印にするためだったし、砂時計はもし小父さんとはぐれた時、落ちてゆく砂を見つめて心細さを紛らわせるためのものだった。

すべての旅行に例外なく同行した品が五つだけあった。ラジオ、ポタージュスープの缶詰、野鳥図鑑、母親の写真、そして白いバスケット。これらはいつでもボストンバッグの中の特別な場所を与えられていた。

勢ぞろいした荷物を見渡すだけで小父さんは、これから向う場所の風景を思い描くことができた。回廊に並ぶ柱の滑らかさや、運河の水面に浮かぶ水草の流れや、お兄さんのスキー帽に降りかかる雪の白ささえ、ありありと浮かんできた。

お兄さんは重い方の荷物を持ってくれる。忘れ物がないか最後まで心を配ってくれる。どんな見学場所でもお兄さんは退屈を知らず、無駄口をきかず、真剣に歩き回る。隅から隅まで説明書きを読み、「ほお」と感嘆の声を漏らし、パンフレットはなくならないよう大事に内ポケットに仕舞う。温泉では、入口に貼ってある『正しい入浴の仕方』を忠実に守り、海水浴では父親の事故の教訓を忘れず、入念に準備体操をする。そうするのが礼儀であるかのように、小父さんの作った行程表の通りに行動し、わがままは言わない。たまの旅行なんだからと、夕食には奮発して上等な西洋料理を食べ、ほんの少しワインを飲む。気が大きくなってデザートに大盛りのマロンシャンテリーなど頼んだりする。二人ともお腹一杯食べる。ちゃんとお土産も買う。小父さんはゲストハウスに出入りする業者の人たちに、お兄さんは青空薬局の店主に、ささやかながらもちょっと気の利いた品を選ぶ。夜はやはりラジオのスイッチを入れる。旅先では電波が危うげで、聞こえてくる音は途切れ途切れだが、そのおかげで自分たちがどれほど遠くまでやって来たか、しみじみ感じることができる。

荷物の真ん中でお兄さんの体は小さく見えた。まるでお兄さん自身、ボストンバッグに入れるべき荷物の一つになったかのようだった。詰め込み作業は慎重になされた。回数を重ねるにつれ手際はよくなったものの、それが集中力を要する仕事であるのに変わりはなかった。たった一つ手順を間違えるだけで、入りきらない荷物があふれ、結局最初からやり直さなければならなくなった。ボストンバッグ三つの中身は、小父さんが作る行程表とは比べものにならないくらい厳密な秩序に守られていた。

居間の床に広がる品々が、お兄さんの手から一個ずつボストンバッグの中へ消えてゆくのを眺めるのが、小父さんは好きだった。お兄さんの手つきを見ていると、自分たちの旅が安全で、自分たちのいる世界が平穏であると確かめられる気がした。

「さあ、できた」

三つめのボストンバッグのファスナーを閉め終え、お兄さんは言った。

「うん」

と小父さんは答えた。

これが二人の旅行だった。

土曜日の午後、小父さんの仕事が終わったあと、二人は幼稚園の鳥小屋を見に行く。園児たちはもう皆家へ帰り、一人も残っていない。孤児院がいつから幼稚園に変わったのか、建物がいつ改築され、ジャングルジムや砂場がいつ作られたのか小父さんは思い出せない。はっきりしているのはただ、そこに鳥小屋があって、それを眺めるお兄さんがいるということだけだ。

フェンスのへこみを見れば、お兄さんが一人でもしばしばここを訪れ、長い時間を過ごしているのが分かる。半身になって左肩と腰を押し当て、左手は胸の下で折り曲げ、右手はフェンスをつかんでいる。鳥小屋との距離数十センチを縮めようとしてか、知らず知らず顔も小鳥たちに近づき、やがて額と頬がフェンスの網の目に埋まってゆく。どこにも余分な力は入っておらず、痛みもなく、体はとても自然に見える。小父さんは黙って背中側に立っている。

幼稚園の裏口に鍵はかかっておらず、閂《かんぬき》を外して簡単に中へ入ることができた。ちょっと工夫すれば鳥小屋だって開けられたかもしれないし、それが無理だとしても金網の隙間から指を差し込んで、小鳥に触れるくらいはできただろう。しかしお兄さんは決して小鳥たちに、馴れ馴れしい態度を示さなかった。口笛を吹くでもなく、話し掛けるでもなく、ただひたすら自分の居場所を守り、彼らを見つめるだけだった。ポーポー語で話し掛ければ、彼らは自分などよりずっと的確に応えてくれるだろうに、と小父さんは思った。

孤児院だった頃に多く見られたカナリア類の流行はすたれ、いつしか鳥小屋は十姉妹《じゅうしまつ》の天下になっている。レモンイエローのカナリアが美味しそうだったのを、小父さんは思い出す。それに比べて十姉妹は気の毒なほど地味だった。頰から背中、首周りに広がるのはいかにもぱっとしない黄土色で、そのうえ模様のつき方は毛羽立った筆でべたべたやったかのように気まぐれだった。

「十姉妹は姉妹」

フェンスの網の目からこっそり息を吐き出すように、お兄さんがつぶやいた。

「うん、そうだね」

小父さんはうなずいた。

「仲のいい姉妹」

「ここにいるの全部、姉妹なの？」

「十人姉妹」

「随分、にぎやかだね」

「僕たちは二人」

小父さんはお兄さんの痩せた背中に目をやる。後頭部の髪の毛が随分薄くなっているのに気づく。

子供の頃からずっと、大人になったあとも変わらずお兄さんの方が背が高かった。お兄さんの鼻は高く隆起し、目元には濃い影が射し、唇はいつも乾いて引き締まっている。それに引き換え小父さんの顔はぼんやりとしてつかみどころがなく、鼻も足も耳もお兄さんより小さい。顔はあまり似ていないのに、二人が一緒にいればどんな人でも彼らが兄弟だと分かり、更にどちらがお兄さんでどちらが弟か言い当てられる。

十姉妹たちはひとときもじっとしていない。翼か嘴《くちばし》か脚か目か、どこかがいつでも動いている。自分は一瞬でも止まってしまったら、命を絶たれる生き物であると信じ込んでいるかのように、エネルギーを振りまき続ける。ある者は水飲み場で羽をばたつかせ、ある者はブランコを独占し、またある者はつぼ巣に隠れている。そうやって好き勝手にしながら、皆がお兄さんを意識し、どんな姿勢になっても視界から姿が消えないよう注意している。小父さんのことは最初から単なる付き添いだと見抜いて気にも留めない。

その時、一段とくっきりした歌が高らかに響いてくる。それを合図に数羽が一斉に羽ばたき、残りの数羽が止まり木を左右に横走りしてゆく。どんな種類でも小鳥は羽を広げた途端、驚くくらい大きく見える。これほどの大きさを一体どこに隠していたのか、と思わず口走ってしまいそうになる。翼の下にはこちらが想像もしない何かが潜んでいるのだ、と思い知らされる。と同時に、止まり木で小刻みにステップを踏む脚が、とても老いて見えることにはっとする。柔らかい羽や頑丈な嘴や一点の曇りもない眼球に比べ、二本の脚はか細く、内臓が手違いではみ出したかのような弱々しい肌色をして、そのうえ小さな瘤《こぶ》がいくつも盛り上がっている。本人の意思とは無関係に好き勝手に盛り上がった瘤たちは、くっつき合い、つながり合い、所々黒ずみながら、一羽一羽に独自の模様を刻んでいる。どんなに元気そうに見せても、脚だけは誤魔化せない。そこには彼らが生きた時間の堆積が凝縮されている。

お兄さんが作る小鳥ブローチは翼の陰に隠れて脚が見えないけれど、やはり十姉妹と同じように老いた瘤を持っているのだろうか。青空薬局の広口ガラス瓶の中で少しずつ、瘤を隆起させているのだろうか。その瘤に触ったらどんな感じがするのだろう。ざらざらしたお兄さんの踵と同じ感触だろうか……。十姉妹の歌を聞きながら小父さんはそんなことを考える。

歌はまだ途切れなく続いてゆく。歌っているのは止まり木の真ん中を占領している一羽だ。頭のてっぺんが残雪を載せたように白くなっている。小さな体とは不釣合いなボリュームと、精密な技巧を持った歌が、喉の奥からあふれ出してくる。高低があり、強弱があり、スタッカートがあり、トリルがある。序奏があり、主旋律があり、間奏があり、クライマックスがある。何もかもが揃っている。

「小鳥の歌は全部、愛の歌だ」

と、いつかお兄さんが教えてくれたのを小父さんは思い出す。愛の歌、などというロマンチックな言葉を、お兄さんがさり気なく口にしたのがなぜか気恥ずかしく、小父さんは「へえ、そうなんだ……」とあいまいな受け答えしかできなかったが、十姉妹の鳴き声を聞けば、これが愛のための歌であるのは明らかだった。愛以外のために生き物はこれほど懸命にはなれないだろう、と思える切実さにあふれていた。

お兄さんは耳を澄ませている。求愛の行方を見守っている。胸の下で左腕は冷たくなり、右手の指は痺れていてもなお、耳たぶだけは温もりを失っていない。長い歌が途切れた一瞬の隙に、今度は小屋の片隅で別の一羽が歌いはじめる。声の艶もメロディーもリズムも、さっきの一羽とは微妙に違ってどこかたどたどしい。その未熟さをついて別の一羽が割り込んでくる。目が頭の両側についている小鳥が、何かを見ようとする時思慮深く小首をかしげるのと同じように、お兄さんの耳もいっそう深く傾けられる。

兄弟二人以外にこの歌を聞いている者は誰もいない。園児たちは消えうせ、先生たちは姿を見せず、たまに通りかかる人々は、二人と関わり合いになるのを避けるように小走りに去ってゆく。

お兄さんの耳は小鳥たちの歌を正しく聞き取る。一音一音の間に差し挟まれる微かな吐息から、嘴の奥の暗闇に潜む舌の震えまで、小鳥が発する何もかもを受け取り、そこに現われる意味を理解する。だからお兄さんは、彼らの愛が決して自分に捧げられたものでないことも、よく分かっている。

「そろそろ、帰ろうか」

いつの間にか夕暮れが近づいていた。頃合いを見計らうのは、小父さんの役目と決まっていた。

「うん」

お兄さんはいつでも逆らわなかった。

4

ある日、ゲストハウスからの帰り道、普段どおりに青空薬局の前を通り過ぎようとした小父《おじ》さんは、ふと何かが心に引っ掛かるような気がして自転車を止めた。薬局の中では、中年過ぎのお客さんが一人、カウンター越しに店主と談笑していた。自転車のハンドルを握ったまま小父さんは、ガラス戸の向こうを見つめた。

そこはいつもと変わらない、見慣れているはずの薬局だった。オキシフルや脱脂綿やビタミン剤が並び、埃っぽいガラスケースの中には劇薬指定の薬が仕舞われ、片隅には整理されていない段ボールが転がっていた。もちろんポーポーはレジ脇の定位置を守っている。

小父さんに気づかないまま店主と客が話し込んでいる間、彼はもう一度最初から薬局の中を隅々まで点検し直した。咳止めシロップ、催眠剤、ひまし油、オブラート、天花粉、コールドクリーム、ポマード……。そうして天井から吊るされている、薬品会社のシンボルマークがデザインされたモビールに目が行った時、思わず「あっ」と声を漏らした。

「ちょっと、すみません」

慌てて小父さんは自転車のスタンドを立て、薬局の中へ入ると、二人の会話に割り込んでいった。

「あの、あそこにぶら下がっている飾り……」

二人は同時に振り向き、闖入者《ちんにゆうしや》にいぶかしげな視線を送ったあと、何かコソコソ耳打ちし合った。

「薬品会社の人が宣伝用に置いていったものだけど……」

店主が答えている間に、客は小父さんを無視して出て行った。

「ええ、それは分かるんです。そのモビールにくっついている、あれ……」

小父さんは天井を指差した。そこにはレモンイエローの小鳥ブローチが揺らめいていた。

「ああ」

店主は上目遣いにちらっと小鳥を見やり、何だそんなことか、という表情を浮かべた。

「お兄さんが置いていったよ」

薬品会社の人がモビールを置いていくのと同じことだ、とでもいうような言い方だった。

「今日は水曜日だから、お兄さんが来たのよ」

ポーポーの入った広口瓶の蓋に右手を載せて、彼女は言った。

「で、その時、あれをくれたの」

余計なものを付け足されて重心が狂ったモビールと共に、小鳥もまた危うげに揺すられていた。翼をかしげ、嘴《くちばし》を上に向け、かろうじてバランスを保っているものの、飛んでいる姿とは程遠かった。むしろ傷つき、小枝に引っ掛かり、息絶えているようにしか見えなかった。

「なぜ……」

小父さんの問い掛けに店主は困った様子で表情を曇らせ、錆《さび》付いた蓋の側面に人差し指を這わせて、ジョリ、ジョリという音を立てた。

「さあ……。いつものようにキャンディーを一本買って、お釣りを財布にしまった後、ポケットから小鳥を取り出してここへポンと載せたの。それだけよ」

「何か言ってませんでしたか」

「ええ、言ってたわよ、もそもそと。でも、ほら、お兄さんは……」

そこで店主は口をつぐみ、次の言葉を飲み込むと、沈黙を誤魔化すように人差し指の錆を白衣にこすりつけた。

ずいぶんと着古した白衣だった。一番上のボタンは半分欠け、ボールペンを挿した胸ポケットは漏れたインクで汚れ、袖口は擦り切れていた。洗濯のしすぎでくたびれた生地が、固太りな体のラインに忠実に馴染んでいた。

「一体、どういうつもりだったんでしょうか」

小父さんは尋ねた。

「そんなこと私に聞かれても分からないわよ。さほどの意味はないんじゃない？」

「いいえ、意味がないなんてことは決して……」

今度は小父さんが口をつぐんだ。だって小鳥ブローチは、母親への大事な誕生日プレゼントだったんですよ、という言葉を心の中でつぶやいた。

「あれ、キャンディーの紙ね」

声の調子を変えて彼女が言った。

「お兄さんが作ったんでしょう？　聞かなくても分かるわ。だってあんなにいっぱいキャンディーを買ってくれるお客さんは、他にいないもの」

小父さんと彼女は一緒に小鳥ブローチを見上げた。母親の左胸に留まることもできず、青空に羽を広げることもできず、せっかくの歌声を響かせることもできないまま、それはやはり心もとなく宙に取り残されていた。どこかから隙間風が入るのか、時折くるくると回転した。回転するたびに弱ってゆくようだった。

西日が当たって店主の横顔はいっそう血色が悪く見えた。肌はかさかさで粉を噴き、短く切り揃えられた髪は好き勝手にはねていた。その姿は棚に並ぶ商品たちの中に紛れ、輪郭がぼやけていた。あまりにも長く同じ場所にいるせいで、影が商品棚に吸い取られてしまったかのようだった。幼稚園のフェンスにお兄さんの形どおりの窪みができているのと同じだった。

雑貨店の頃と今と、カウンターの向こうにいる人はずっと変わっていないのではないだろうかと、小父さんは思った。お兄さんがいくらポーポーを買っても瓶の中身が減らないように、いくら時間が過ぎても店主は同じ姿を保ち続けている。ただお兄さんにポーポーを売るためだけに、そこに立っている。スカーフを取り、白衣に着替えるのも単なる気紛れにしかすぎない。

「ごめん下さい」

その時、一人客が入ってきた。

「虫下しある？」

「ええ、ありますよ。錠剤と液体、どちらにしましょう」

あっさりと店主は小鳥ブローチから視線を外し、新しい客を相手にしはじめた。棚の下にしゃがんで虫下しを探す彼女を残し、小父さんは青空薬局を後にした。

「どうして小鳥ブローチを薬局のおばさんになんかあげたの」

お兄さんは何も言わず、たった今その答えを考えている最中なのだとでもいうように眉間に皺を寄せ、「うーん」とうなった。

やはり、チェストの上にある母親の写真の前から、レモンイエローの小鳥ブローチが姿を消していた。食卓には、その日買ってきたばかりのポーポーが一本、転がっていた。

「とっても大事なものだろう？　そう親しくもない人に簡単にあげちゃって、兄さんは平気なの?」

うなり声は少しずつ低く、弱くなっていった。

「とりわけ僕は、あの最初の一個が好きだったんだ。あれを作るのにどれくらいの時間と手間が掛かっているか、兄さんが一番よく知っているはずだよ」

喋っているうちにだんだん興奮してゆくのを、小父さんは感じていた。止めようとしても言葉だけが勝手にあふれ出し、その勢いに押されてお兄さんの声はいっそうか細く、途切れ途切れになった。

「兄さんが自分の力で作り出した誕生日プレゼントを、母さんがどんなに喜んだか、忘れられるはずないだろう。母さんが身につけた唯一の小鳥ブローチだったんだ。よりによってそのブローチを……」

お兄さんはうつむき、眉間を押さえた。

「形見なんだ、あれは。母さんの形見だ。ポーポー語にも、形見って言葉、あるだろう」

ああ、もうこれ以上は喋りたくない、と小父さんは思った。何か取り返しのつかない言葉を吐いてしまいそうな予感がした。

「なくなっていないよ」

その時、ようやくお兄さんが口を開いた。いつの間にかうなり声は止んでいた。

「ここにいるよ、レモンイエローの小鳥は」

眉間を押さえていた手を放し、お兄さんは母親の写真を指差した。

確かにその左胸には小鳥が留まっていた。心休まる安全な巣に守られながら、思う存分翼を広げて愛らしい黄色を空に振りまいていた。青空薬局に吊るされたのとは似ても似つかない姿だったが、間違いなく二つは同じ小鳥ブローチなのだった。

「だから大丈夫。母さんはちゃんと小鳥ブローチを持ってる」

そう言って一人うなずくと、お兄さんは写真の隣にあるラジオに手をのばし、スイッチを入れた。ニュースを読むアナウンサーの声が流れてきた。

「それに、お店の人は親しくない人なんかじゃない。よく知っている。たくさん一緒に喋る。もう長い間、毎週毎週必ず会ってる。ポーポーを売ってくれる大事な人だ」

市会議員の選挙違反、公設市場の火事、新星の発見、水族館の閉館、交通情報、天気予報。さまざまなニュースが流れた。すっかり暗くなった部屋の中に、アナウンサーの声だけが響いていた。小鳥たちの求愛の歌に耳を澄ませている時のように、二人は並んでいつまでも黙っていた。

青空薬局の棚の様子ならいくらでも事細かに再現できるのに、店主がどんな顔をしていたか思い出そうとすると、途端に上手くいかなくなるのが、小父さんは不思議だった。浮かんでくるのはただくたびれた白衣と、ポーポーを取り出す手の形だけで、あとは表情も顔の作りも薄ぼんやりとしたままだった。お兄さんを邪険にもしない代わりに、特別の優しさを示してくれる人でもなかった。もちろんポーポーは売ってくれるけれど、色はいつでも間違えていた。

　水曜日、お兄さんが青空薬局でどんなふうに買い物をしているか、小父さんは深く考えたことなどなかった。心配なのは鍵やお金の問題ばかりで、あとは子供の頃と全く同じように淡々とした買い物がなされているものとばかり思い込んでいた。水曜日の外出は、お兄さんと小父さんと母親、三人で長い年月をかけて磨き上げてきた、完成された一つのしきたりだった。

　お兄さんがこっそり小鳥ブローチを持ち出し、店主に差し出している姿を想像すると、なぜか小父さんは落ち着かない気分になった。それは普段彼がお兄さんについて気に掛けている、事故や怪我や迷子とは無縁の行為であるにもかかわらず、奇妙な腹立たしさを呼び起こした。

翌日の昼休み、小父さんは家へ戻らなかった。パン屋で一人分だけサンドイッチを買い、ゲストハウスの事務室でパックの牛乳と一緒に食べた。

夕方、仕事が終わって帰宅すると、食卓の上にはリンゴが一切れ置いてあり、台所のガスコンロには、スープが半分、片手鍋に残ったままになっていた。リンゴは変色し、スープは冷め切っていた。


それから小父さんは青空薬局のそばを通るたび、モビールを点検するようになった。そんなこと、どうでもいいことだ。もともとブローチは兄さんが作ったんだ。誰にやろうと兄さんの勝手だ。自分には関係ないじゃないか。そう言い聞かせようとしたが、薬局が近づいてくるとどうしても、天井を見上げないではいられなかった。少しずつ小鳥ブローチは増えてゆき、当然ながら写真の前のそれは減っていった。

どの小鳥も居心地が悪そうなのは同じだった。彼らにとって空中は本来あるべき場所なのに、場違いなところへ放り出されたように途方に暮れていた。モビールの紐に絡まってもがいているのもいれば、大きく傾いて今にも落下しそうなのもいた。その下で店主は小鳥たちの危機に気づきもせず、商品棚の中に埋もれていた。

自転車で走り過ぎながらも小父さんは、素早く天井の小鳥を数えることができた。増えていない水曜日はそのままいつもと同じスピードで走り去り、増えている水曜日には、腹立たしさを紛らせるため、チェーンがうなりを上げるほど目一杯ペダルを漕いだ。けれど二度とお兄さんにブローチのことで問い質《ただ》すようなことはしなかった。

写真の前のブローチがすべて店主に捧げられ、チェストの上がすっかり寂しくなり、それと反比例して青空薬局の天井がにぎやかになってしばらく経った頃、突然、モビールも小鳥たちもすべてが姿を消した。長かった夏が去り、ようやく秋の風が吹きはじめた頃だった。

「薬品会社が倒産しちゃったのよ」

と店主は言った。

「だからモビールも全部捨てたの。倒産した会社を宣伝したって何の役にも立たないから」

「えっ、じゃあ、小鳥は……」

慌てて小父さんは尋ねた。

「ああ、あれね」

店主はカウンターの引き出しを開けた。セロテープや虫眼鏡やスタンプ台や画鋲《がびょう》がごちゃごちゃと入り混じる中で、小鳥たちは怯えるように身を寄せ合い、一かたまりになっていた。

「悪いんだけど、これ、お兄さんに返してくれないかしら」

店主はそれらを両手ですくい上げ、カウンターの上にバラバラと置いた。全部で九羽だった。お兄さんが途方もない年月をかけて一枚一枚張り合わせ、地層を作り、長い眠りから呼び覚ますようにして掘り出した小鳥たちは、全部合わせても、店主の両手にあっさり納まるほどの大きさでしかなかった。

「別に邪魔になるってわけじゃないけど、こういくつも持って来られると、ちょっと、気分的に負担になっちゃってね」

小鳥たちはばらばらな向きに転がりながら、それでも丸い目をパッチリ見開いていた。心なしか皆、ガラス戸から差し込む日を浴びて、色があせているようだった。

「もちろん、ありがたいとは思ってるの。たくさんキャンディーを買ってくれて、そのうえ包装紙まで無駄にしないでいてくれるんだから。ただ、私がお兄さんにどう応えたらいいのか、さっぱり分からないのよ」

喋りながら店主は、レモンイエローのブローチのお尻を突いた。嘴《くちばし》がコツンとカウンターを叩いた。

「一体、これは何なのかしら。プレゼント？　謝礼？　ご褒美？　差し入れ？　それとも単なる廃品？　一言ありがとうって言ってそれで済むのか、お返しをするべきなのか、じゃあ何をどんなふうにお返ししたらいいのか、とにかくまごつくばかり。だから苦し紛れに天井にぶら下げておいたの。何と言っても、鳥なんだから」

「ええ……」

力なく小父さんは同意した。

「それにね、困るのはお兄さんがなかなか帰ってくれないことなのよ」

「帰らないで、何をしているんでしょう」

「ずっと立ってるの。私の目の前に。買い物が済んだあとも。一応私も、他に何かお入用ですか、って尋ねるのよ。でも尋ねたって無駄でしょう？　私には答えが理解できないんだから……。ごめんなさい。気を悪くしないでね」

「はい、もちろん」

「お兄さんに必要なのはキャンディーだけ。それは私だってよく知ってる。他のお客さんが入って来てもお兄さんは動じないの。私とお客さんのやり取りをじっと聞いてる。全然邪魔はしないわ。いくら放っておかれたって不機嫌にもならないし、暴れたりもしない。ただじっと……そう、お兄さんを表すのにこれほどうってつけの言葉は他にないわね。じっと、じっと、ただひたすらじっとしている人」

小父さんは自分と同じこの場所に立っているお兄さんの姿を想像した。片手についさっき買ったばかりのポーポーを一本持ち、もう片方の手で新しい小鳥ブローチをカウンターの上に載せる。何か言うかもしれないし、黙ったままなのかもしれない。しかしどちらにしても、店主にとっては同じことだ。自信なく彼女は「ありがとう」と言い、少しでも事態の進展につながればという思いで小鳥のお尻を突《つっ》き、やがてそれでも間が持たなくなって、少しずつイライラしてくる。気味が悪くもなってくる。

沈黙に慣れ親しんでいるお兄さんは、店主の気持には気がつかない。二人で同じ沈黙を共有しているつもりになっている。二人の間にはただ小鳥ブローチだけがある。幼稚園の鳥小屋の前にいる時と同じ瞳で、彼はそれを見つめている。

その時、客が入ってくる。さすがにこれでもう帰ってくれるだろうと店主はほっとするが、お兄さんは動く気配を見せない。客は無遠慮にお兄さんをじろじろ見回し、関わり合いになるのを避けるように手早く買い物を済ませる。咳止めシロップか目薬か健胃薬か、そんなものを一つ買ってお釣りを受け取る。カウンターの上に小鳥が載っていることになど、構いもしない。

お兄さんは小鳥ブローチが歌う愛のさえずりに耳を澄ませているのだ。地層の底から湧き出し、青空薬局の薬たちの間をすり抜け、ポーポーのガラス瓶を包み、天井へと響いてゆく歌を、店主に届けようとしているのだ。

「はい、分かりました」

と、小父さんは言った。

「ご迷惑をお掛けして、申し訳ありませんでした」

小父さんはカウンターの小鳥たちをかき集めた。店主の両手にはやすやすと載った九羽が、なぜか彼の手には納まりきらず、ポケットに仕舞おうとすると掌《てのひら》からこぼれ落ちた。

「いいのよ。余計なことをべらべら喋って、こちらこそごめんなさいね」

ひどく手間取りつつ、小父さんは全部の小鳥ブローチを引き上げた。

「またキャンディーを買いに来てね。水曜日に。お兄さんにそう伝えて」

店主の声を背中に受け、ふくらんだポケットから小鳥が落ちないよう用心しながら、小父さんは自転車を漕いで家まで帰った。

結局小父さんはなぜ小鳥ブローチが青空薬局から舞い戻ってきたのか、お兄さんに上手く説明する自信がなく、取りあえずゲストハウスの事務室のロッカーに隠しておくより他、いいやり方が思いつかなかった。自分の望みどおり母親の形見が返ってきたにもかかわらず、気分は沈んだままだった。

次の水曜日、食卓の上にポーポーはなかった。

「小鳥ブローチは愛の歌をうたえなかった」

と、お兄さんは言った。誰に向ってというのでもなく、ただ言葉を宙に浮かべるようにして、小声で言った。

「そういう小鳥もいる。小屋の片隅で、いつまでも歌えないままでいる小鳥」

ううん、違うんだよ、兄さんの小鳥は何も悪くないよ、薬品会社が倒産したんだ、ただそれだけのことで、小鳥ブローチがどんなに歌が上手か、母さんと僕はよく知ってる、だから大丈夫だ、心配はいらない、またいくらでもポーポーを買って、ブローチを作っていいんだ、ためらわずに好きなだけ……

そんなふうに小父さんは言おうとしたが、実際は何も言葉を掛けられず、ただチェストの前に立ち尽くすお兄さんの背中にそっと掌を当てるだけだった。

以来、二度とお兄さんは青空薬局へ出かけることはなかった。こうして水曜日の買い物は終わりを告げ、長く水曜日の印であり続けたポーポーは姿を消した。溶けるのを惜しみながら黙ってそれをなめるお兄さんを見て、このまま喋らなくなるのではと心配することも、旅行の準備の最後に、それを白いバスケットに入れることも、もう必要なくなった。ポーポーがなくても水曜日は静かに過ぎていった。

その年の秋、ひどい台風がやって来た。日が落ちる時分からにわかに風が強まり、やがて降り出した雨はひとときも止む気配を見せず、夜も更ける頃になると、強風と一緒に渦を巻いて家中の窓ガラスを打ち鳴らしはじめた。

お兄さんと小父さんは普段と変わらず、食後のフルーツを食べながら居間でラジオを聴いていた。バイオリン協奏曲の演奏会だった。チェストの上から聞こえてくる音は、時に風に邪魔されて遠のいたが、二人ともボリュームを上げようとはしなかった。バイオリンはすぐにまた、その同じ風に乗って舞い戻ってきた。

伸び放題になった庭の木々が大きくうねり、黒々とした影がカーテンに映った。遠くから地響きが迫ってくるような轟音がしたかと思うと、時折、植木鉢かポリバケツか何かが転がる音がして、合間に大きな雨粒がバラバラと屋根を叩いた。

お兄さんは少しも怖がっていなかった。どれほど強風に邪魔されようとバイオリンが楽譜に忠実であるのと同じように、外の世界に惑わされることなく、リンゴを食べ、野鳥図鑑をめくった。

小鳥ブローチの製作から離れても、自分の分と小鳥の分にリンゴを切り分ける、ナイフ使いの冴えは衰えていなかった。皮は滑らかにむかれ、断面はきりりと引き締まり、大きさは定規で測ったように等しく揃っていた。

「幼稚園の鳥小屋、大丈夫かな」

ソファーに寝そべり、バイオリンと風雨、両方に耳を傾けつつ小父さんは言った。

「園長先生が防水シートをかぶせた」

お兄さんは答えた。

「今日の夕方。台風が来る前に。ちゃんと」

幼稚園の中には一度も足を踏み入れたことがないにもかかわらず、鳥小屋についてお兄さんは何でも知っていた。

「あっ、そうか」

「うん」

「さぞかし怯《おび》えてるだろうね。彼ら、臆病だから」

「違う。臆病ではない。慎重なのだ」

慎重、という言葉にお兄さんはことさら力を込めた。

「前に僕が風邪をひいて、マスクをして鳥小屋の前へ行ったら、皆怖がって一斉にバタバタ逃げたことがあったね。あれも慎重さのせいなの？」

「そう、そのとおり。マスクが怖いからではなく、昨日までと違うから警戒した。小鳥は記憶を持ってる。記憶を比べる。首をかしげて、両側の目一個ずつで、慎重に」

「へえ、なるほどね」

小父さんはいつかお兄さんが、小鳥の仕草の中で首をかしげる姿が一番好きだと言っていたのを思い出した。

「今、小鳥たち、つぼ巣の中にいる」

目の前に鳥小屋があるかのようにお兄さんは言った。ソファーに腰を沈め、背中を丸め、いつの間にか図鑑を閉じて自分の指先に視線を落としていた。

「そこが安全だって、よく知ってる。そこでじっとしていれば、いつか台風は過ぎ去るものだ、と分かっている」

小父さんは目を閉じ、鳥小屋の棚の片隅に並べられたつぼ巣を思い浮かべた。ころんと丸い形をした、藁《わら》で編まれた小部屋の中に、小鳥たちが身を寄せ合っているさまを想像した。

「絶対に騒がない。じっとしている」

じっと……。その一言がバイオリンの音色とともに小さく震えながら、小父さんの胸に染み込んできた。まぶたの裏に広がる暗がりに、小父さんはいっそう深く目を凝らした。

小鳥は羽を畳み、嘴を閉じ、瞳だけはくっきりと見開いて、巣の口から顔をのぞかせている。普段見せる敏捷《びんしょう》さはもはや羽の下に隠れ、その気配もない。小部屋の中は温かく、安全な匂いに満ち、嵐を遠くに隔てている。彼は耳を澄ませる。あまりにもひたむきに耳を澄ませすぎて、微《かす》かに羽が震えているようにさえ見える。小鳥についてよく知らない人は怖がっているのだろうと勘違いするが、本当はそうではない。他の誰かが思うよりずっと多くのことを彼は聞き取っている。小さな場所で、忍耐強くひたすらじっとしている者にだけ届けられる合図を、受け取っている。その啓示の重さに、ただ心を震わせているだけなのだ。

一段と強い風が巻き起こった。協奏曲は第三楽章に入り、オーケストラを従えてバイオリンはテンポを速めていた。小父さんが目を開くと、お兄さんはさっきまでと変わらない格好でそこにいた。小父さんと同じだった。か弱い体を巣に隠し、小さな耳だけを外に向け、秘密の声でささやく小鳥と同じだった。

「ねえ、兄さん」

小父さんは言った。

「小鳥を飼おうよ」

お兄さんは顔を上げ、言っている意味がよく理解できないという表情を浮かべた。バイオリンはソロのパートとなり、風の隙間を縫って強靭《きょうじん》な高音を響かせはじめた。

「種類は何がいい？ 兄さんの好きなのでいいよ。文鳥でもカナリアでもセキセイインコでも」

心なしか部屋が揺れ、柱がミシミシ軋《きし》み、ラジオが雑音を発した。どこか遠くでサイレンが鳴ったが、すぐに風に紛れて聞こえなくなった。

「いや、もっと変わった鳥がいいかな。品種改良された外国産の鳥。そうだよ。幼稚園の鳥小屋を見学するだけじゃあ物足りないよ。どうして今まで飼おうとしなかったのか、そっちの方が不思議なくらいだ。今度の日曜、デパートのペット売り場へ行ってみよう。種類と色を教えてもらえば、僕がそのとおりのをちゃんと買ってきてあげる。兄さんならどんなに上手に世話ができるか知れない」

いつまでもお兄さんは黙ったままだった。カーテンに映る黒い木々の影とお兄さんの横顔が重なり合い、表情が揺れて見えた。二人の間には閉じた図鑑と空になった皿だけが取り残されていた。図鑑の表紙の中で、冠羽《かんむりばね》をピンと尖らせたキレンジャクがバードテーブルのリンゴをついばんでいた。部屋にはまだほんのりとリンゴの香りが残っていた。

「小鳥はいらない」

たっぷり沈黙を味わったあと、ようやくお兄さんは口を開いた。いよいよクライマックスへ向うのか、旋律は重厚さを増し、それに応えてバイオリンは激しく鳴った。その勢いに小父さんは一瞬、嵐が静まったのだろうかという錯覚に陥った。

「小鳥はいらない」

同じ言葉が同じ調子で繰り返された。その声はたちまちバイオリンにさらわれ、風に飲み込まれ、飛沫《しぶき》に打たれた。嵐は静まってなどいなかった。

「小鳥は幼稚園にもいる。庭にもいる。世界中、どこにでもいる。どれが自分のかは、決められない。だから、自分の小鳥はいらない」

キレンジャクの隣でコゲラが幹にしがみつき、棘《とげ》のような嘴で樹皮を突き、その脇ではオナガが水色の尾を自慢げに伸ばしていた。お茶の飲みこぼした跡が変色したせいで、りりしい白い眉斑《びはん》に縁取られたハイタカの顔が、ひどく間抜けになっていた。

「うん、分かった」

上体を起こし、図鑑を奥に押しやってから、ソファーに座り直して小父さんは言った。

「余計なことを言って、ごめんよ」

協奏曲は終わりが近づいていた。時々混じる雑音をものともせず、ラストを飾る音が互いに重なり合い、それをバイオリンが包み込んで更なる高みまで押し上げていた。最終の通告をするように、打楽器が打ち鳴らされた。その瞬間、一段と大きな音が庭に響き渡った。

それは風のうねりとも雨音とも、協奏曲とも相容れない不穏な響きを持ち、地底を伝って足元から突き上げてきた。バリバリと続けざまに枝の折れる音がし、重くて大きな何かがゆっくりと崩れ落ちていった。カーテンには影の塊が映るばかりで、庭の様子は何も見えないはずなのに、なぜかそのありさまがはっきりと伝わってきた。

塀が壊れたのか、屋根が飛ばされたのか、小父さんは不安になってお兄さんと顔を見合わせた。二人とも無言だったが、お兄さんは少しも動じていなかった。決して臆病からではなく、賢さによって小鳥が耳を澄ませるのと同じように、ただじっとして、崩れ落ちてゆく何かが発する音を聞いていた。左胸に小鳥ブローチを留めた母親が、写真の中から二人を見つめていた。

「僕たちの巣は安全だ」

声にならない声でお兄さんは言った。そのポーポー語はどんなすさまじい音にも邪魔されることなく、耳元に真っ直ぐ届いてきた。

「僕たちの巣は安全だ」

小父さんはその一行を二度、三度と胸の中で反芻《はんすう》した。バイオリンよりもずっと美しい響きを持った一行だった。

台風が去った翌朝、庭に面した居間の窓を開け、二人は並んで外の様子を眺めた。あの轟音が引き起こした結果が何だったのか、はっきりするまでしばらく時間がかかった。もちろん庭には落ち葉が散乱し、リンゴを刺しておいたイチイの枝は折れ、見慣れないサンダルや自転車カバーやゴミ箱の蓋が転がっていたが、普段、手入れもせずに放りっぱなしにしている庭の様子からすれば、さほど驚くほどの変化でもなかった。ブロック塀も屋根も無事だった。むしろ塵が吹き払われて澄んだ朝日に照らされ、庭の緑はいつもより艶やかなほどだった。

「あっ」

不意に、お兄さんが庭の片隅を指差した。その指先の向こうで、離れが壊れ、崩れていた。

父親が死んで以来、二人は一度も離れに足を踏み入れていないどころか、窓から中を覗くこともなく、ほとんどその存在さえ忘れかけていた。イチイの木があり木蓮《もくれん》があり雪柳が茂り木陰に一面羊歯《しだ》が生えているのと同じくらい当たり前に離れはそこにあり、それ以上の何ものでもなかった。父親が死んでしばらくは、小父さんも遺品の整理をしなければという思いにとらわれたが、つい延ばし延ばしにしているうち、いつの間にか時間だけが経ってしまった。離れが視界に入るたび、遺品の重圧で気分が曇る小父さんは、意識して庭の西片隅を無視するようにした。死者を思い出すのが辛いという理由でも、思い出をありのままに残しておきたいという希望からでもなく、ただ億劫《おっくう》なためだけに離れは忘れ去られた。

やがて離れは自分自身で庭の暗がりに後ずさりしてゆくかのように、木々の間で息を殺し、蔓《つる》に隠れ、屋根に枯葉を積もらせて、その輪郭をぼやかしていった。いつの間にかそれは、誰の邪魔にもならない風景の一部となった。

「土台が腐っていたのかな」

「ひどいね」

「父さんが見様見真似で作った、安普請だからね」

二人はパジャマの上にカーディガンを羽織り、一緒に庭に下りた。野鳥を眺めるお兄さんが下草を踏み固めて作った自然の通路がそこここに出来ていたが、西の片隅のあたりだけは雑草が伸び放題になり、地面は水が溜まってじゅくじゅくしていた。台風のせいで昨日一日飛び回れなかった分を取り返すためか、あるいは異変を知らせるためなのか、ホオジロがしきりにさえずっていた。

「父さんが勉強している時でなくて良かった」

と、お兄さんが言った。その危険を幸運にも父親が回避できた、というような言い方だった。

「うん、本当にそうだ」

小父さんは答えた。

離れは屋根がずり落ち、四枚の壁が傾いてねじれ、塀に持たれかかるようにしてかろうじてそこに踏みとどまっていたが、もう既に本来あった姿の名残はすべて失っていた。そばに生えていた羊歯は押し潰され、時計草は支柱を折られ、ユーカリは幹を傷つけられていた。たった一人の主を亡くしたあと、ほとんど植物と同じ忍耐強さでその不在に耐えてきたのが、とうとう限界に達し、足元から崩壊した……。そんなふうに見えた。

残骸の隙間には本が散らばっていた。どれも雨を含み、泥で汚れ、ページが破れたり表紙が反り返ったりして元の状態を保っているものは一冊もなかった。壁を押しのけ、バラバラになった床板の下をもう少し丁寧に探ってゆくと、筆箱やインク壺や拡大鏡や大学の封筒が出てきた。どれもこれも仕事に関わりのあるものばかりだった。例えば母親からプレゼントされた思い出のものや、趣味の品や家族の写真などは一切見当たらなかった。

倒れた机の引き出しからはノートが何冊もこぼれ落ちていた。小父さんは泥を払い、パラパラとめくってみた。論文の下書きのようだったが、よくは分からなかった。自分が使っているのと同じ種類の言語で書かれているはずなのに、一行一行、すべてが意味不明だった。これが本当に父親の筆跡かどうかさえ、自信が持てなかった。

「ポーポー語なら全部分かるのに……」

ページをめくるたび水滴が流れ、父親の文字は滲み、消え落ちていった。傍らでお兄さんは梢を見上げ、ホオジロの姿を探していた。

結局、本やノートは目に付いた分だけ拾い集めて処分し、窓ガラスや釘など危ないものは取り除き、あとは業者に頼んで撤去してもらうようなこともせず、そのままにしておいた。いびつな形を晒《さら》しているにもかかわらず、いっそう離れはひっそりとして目立たなくなった。塀に寄りかかっていたのが少しずつずり落ち、板切れが地面で重なり合い、屋根も壁も床も区別がつかないまま一つの塊となった。塊は朽ちて腐り、苔むし、どこかから運ばれてきた種が芽吹き、所々花まで顔をのぞかせた。それはまるで父親の墓のようだった。小鳥たちはそこが元々何だったのかも知らず、時折枝から舞い降りてきては飛び跳ねて遊んだ。

5

小父《おじ》さんとお兄さん、二人きりの生活は二十三年続いた。小父さんがゲストハウスで働き、お兄さんが留守番をする、言ってみればただそれだけの毎日だったが、二人には何の不満もなかった。一年に一度か二度、季節がよくなる頃を見計らって計画される旅行は何より心弾む楽しみであったし、幼稚園の鳥小屋見物は呼吸するに等しい習慣として、互いの日常の支えとなっていた。たとえ旅行の意味が世間とは違っていても、小鳥たちの居場所が手の届かないフェンスの向こう側であっても、二人のささやかな満足はそこなわれなかった。

昨日と同じ一日を過ごすこと、これが小父さんにとって最も大事な留意点だった。同じ時間の起床と出勤、同じメニューの昼食、同じラジオのスイッチ、同じ「おやすみ」

の言葉。こうしたことこそがお兄さんを安心させると、小父さんはよく分かっていた。どんなささやかな変化でも、例えばサンドイッチの形が三角から四角になったり、自転車が故障したり、ラジオ番組のアナウンサーが交代したりするだけで、お兄さんには負担になった。マスクに驚く小鳥たちのように、人並みはずれた慎重さが彼の呼吸を乱した。呼吸が落ち着くまで長い間、じっと、していなければならなかった。

中でも小父さんが警戒したのはお客さんの来訪だった。彼らは来客など求めていなかった。庭の野鳥だけで十分なのだった。にもかかわらず、ふと油断した隙をついて玄関の呼び鈴を押す者が現われた。それはジリジリ、ジリジリと、いかにも不快な、居たたまれない音を出した。

父親の昔の教え子が「近くまで来たから」というあやふやな理由だけで、ケーキを携えて玄関に立っている。ゲストハウスの出入業者が急ぎの書類を届けに来る。かつて一度も会ったことのない遠い親戚が、生命保険の勧誘に現われる。歓迎すべき客は一人もいなかった。しかしお兄さんはどんな相手に対しても礼儀正しく振る舞った。

「今日は。よくいらっしゃいました。どうぞごゆっくり」

ポーポー語を聞いて例外なく誰もがまごつき、混乱し、萎縮し、思案に暮れた。愛想笑いを浮かべて小父さんに助けを求める人もいれば、聞こえなかった振りをしてお兄さんの方を一切見ない人もいた。あるいは、「えっ、何でしょう」とわざわざ問い直す人もあった。お兄さんは何度でも正しい挨拶を返した。

「今日は。よくいらっしゃいました。どうぞごゆっくり」

幸いどの客も長居はしなかった。一応の用件を伝え終わるとすぐにそわそわしはじめ、お茶の一杯も飲まずに帰っていった。あとにはケーキと書類と保険のパンフレットだけが所在なげに残された。

玄関で客を見送ると、お兄さんはすぐに掃除をはじめた。

「普通、来客の前にするものだよ」

と言って小父さんがからかうと、恥ずかしそうに首をすくめ、それでも手を休めずに居間の床を雑巾で拭いた。両膝をつき、背中をかがめ、ソファーの下からチェストの裏側まで入り込んで隅々を掃除した。音がするほど丹念に雑巾を動かし、バケツの水で洗い、固く絞ったあと再び新たな場所へ取り掛かる。その繰り返しだった。乱れた巣を整える勤勉な小鳥のように働き続けた。いい加減にしておいたら、とも、ケーキを一緒に食べようよ、とも言わずに小父さんは、自分たちの巣が安全によみがえるのを待った。

彼らの家では人間より野鳥の来訪の方がずっと大事にされた。崩壊した離れをお兄さんが改造して作ったバードテーブルには、さまざまな種類の鳥が姿を現わした。それを二人で眺め、さえずりを聞くのは日々の大きな楽しみだった。知らず知らずのうち、小父さんは何種類か鳥の鳴き真似ができるようになっていた。キレンジャク、シジュウカラ、コガラ、ホオジロ。中でも得意なのは、最も心安くバードテーブルに集まってくるメジロだった。

「チィーチュルチィーチュルチチルチチルチィー、チュルチチルチチルチュルチィー」

メジロは水よりもガラスよりも、この世にある何よりも澄んだ声を持ち、奏でる歌は透き通った声で編まれたレースそのもので、目を凝らせば光の中に模様が浮かび上がって見えてきそうだった。すべての鳥を平等に扱うお兄さんでさえ、メジロの歌声にだけは特別な敬意を払った。一旦鳴きはじめると、何をしていても手を止め、鳴き終わるまで一緒に聞き入った。もしかしたらメジロが、ブローチの形に一番よく似ている小鳥だったからかもしれなかった。

「チーチュルチーチュルチルチル……」

雨の日が続いて小鳥の姿が途絶えると、少しでも慰めになるようメジロの鳴き真似をしてみせたりしたが、もちろんお兄さんの耳を誤魔化すことはできなかった。お兄さんはクスッと笑い、お手本を見せるように小さな声で歌ってみせた。それは鳴き真似などではなく、小鳥の歌そのものだった。小鳥ブローチがさえずったのかと錯覚するほどだった。どうにかしてお兄さんに近づこうとむきになって練習しているうち、不意に、一瞬だけ綺麗な音が出ることがあった。するとお兄さんは「上手、上手」と言って褒めてくれた。

彼らは二人だけの巣を守って暮らした。それは目立たない葉陰にそっと隠されていた。小枝は精巧に組み合わされ、程よい広さを保ち、敷き詰められた藁《わら》は柔らかかった。そこには二人分の居場所しかなく、他の誰一人入り込む余地は残されていなかった。

中年を迎えたあたりから、お兄さんは少しずつ体の調子を崩すことが増えた。特に水曜日の青空薬局通いが終わり、小鳥ブローチを作らなくなってからはぼんやりする時間が多くなった。すぐに熱が出たり、関節が腫れたり、咳が止まらなくなったりした。幼稚園の鳥小屋より向こうへは出掛けられないため、大きな病院へ行くことができず、仕方なく青空薬局で買った薬を飲むか、近所の個人医院で診てもらうしかなかったのだが、たいていは一、二週間の養生で治まる程度の不調だった。

「今度はお腹？」

小父さんが症状を説明すると、青空薬局の店主は白衣の上から自分の胃をさすり、

「痛むのはご飯の前？　それとも後？」

と尋ねた。

「さあ、どちらとも……。痛いというより、重苦しい感じみたいです」

「食欲は？」

「あまり」

「そう。それはよくないわね。じゃあ、胃酸を出して、食欲がわくようなのを……」

店主は慣れた手つきで棚から一箱薬を取り出し、うっすら積もった埃を白衣の袖口で拭いながらカウンターの上に置いた。

「これがいいと思う。粉より錠剤の方が飲みやすいから」

「はい、これにします」

「毎食後、三十分以内に一錠ずつね」

「分かりました」

「最近、お兄さん、元気ないの？」

「いえ、それほどでも」

「ちっともキャンディー、買いに来てくれないじゃないの」

お兄さんが買い物に来ないのは、体の不調のせいだとでもいうような口ぶりで店主は言った。小鳥ブローチのことなどすっかり忘れてしまった様子だった。

「ええ、まあ……」

小父さんは上を見上げた。そこにはもう薬品会社のモビールも小鳥ブローチの姿もなく、ただ黒ずんだ天井があるばかりだった。

「胃が悪い時は、甘いものは食べない方がいいかもね。でも食欲がなくてふらふらするようなら、キャンディー、なめたらいいと思う。どう、一本、買ってく?」

ポーポーは昔と同じ場所にあった。お兄さんが子供の頃からずっと変わらない広口ガラス瓶の中で、幾重にも重なり合っていた。彼らが青空薬局へ来なくなってから、他にこれを買うお客さんはいるのだろうか。蓋の錆《さび》はますますひどくなり、長い間、開けられていないように見えた。考えてみれば小父さんは、お兄さん以外の誰かがこれをなめているのを一度として見たことがなかった。ポーポーはいつでも、お兄さんのためだけのポーポーだった。

小鳥たちは皆、待ちくたびれて元気をなくしていた。翼はぐったりとし、嘴《くちばし》はくすみ、瞳は濁っていた。地層の奥に潜むことも誰かの胸で羽を休めることもできないままに、行き場を失っていた。

「いいえ。いいんです」

慌てて小父さんは胃薬をつかみ、ポーポーから視線を外した。

具合が悪くなるとお兄さんはベッドに横になり、余分なものは口にせず、無駄に動かず、ひたすらじっとしていた。痛みを訴えたり、不機嫌になって八つ当たりしたり、わがままを言ったりもしなかった。痛い、だるい、気持が悪い、辛い、そういう言葉がポーポー語にはなかっただろうか、と思うほどだった。

お兄さんは毛布にくるまり、顔だけをのぞかせ、時に目を閉じ、時に熱で潤んだ黒目で天井を見つめていた。そうすることが本当に体を楽にしているのかどうか自信が持てないまま、小父さんは毛布の中に手を差し込み、お兄さんの胸を撫でた。

「あとでリンゴをすりおろしてこよう。それから薬を飲まなくちゃ」

「小鳥のリンゴは……」

「今朝、ちゃんと新しいのに取り替えておいたよ」

「ツグミは……」

「大丈夫。ヒヨドリのおこぼれを、ちゃんと食べてる。それから、バードテーブルに牛脂とピーナッツをまいておくよ」

「うん」

「あれは本当にいいバードテーブルだ」

「コガラが来る。ヤマガラが来る」

「それは楽しみだ」

「父さんも喜ぶ。小鳥の役に立てて」

「ああ、そうだね」

お兄さんの部屋は寂しいほどに物が少なく、すっきりと片付いていた。小鳥に関わりのある数冊の本、洋服ダンスに掛かったわずかな衣類、空き缶に挿したカッターナイフ、小鳥の写真、昔小父さんが修学旅行のお土産に買ってきたガラスのペーパーウエイト、小鳥の声を録音したテープ、白いバスケット。目に付くのはそれくらいなものだった。お兄さんに必要なものはそれですべて揃っていた。

お兄さんの胸は温かかった。肋骨《ろっこつ》が浮き出ていたが、掌《てのひら》に伝わってくるのは硬さではなく、ただ温かさだけだった。その胸に触れているうち少しずつ、小父さんはお兄さんの体が縮んでゆくような錯覚をおぼえた。撫で続ければ続けるほど、どこまでも小さくなってゆき、いつか両手で抱きとめられるようになるのではないだろうか、小鳥のように。と思った。それは、お兄さんを言い表すのに最も適切な言葉、じっと、が密度を増し、透明になり、結晶となって生まれる小鳥だった。掌の下でいつの間にか結晶が、小鳥の形になっているのだった。

「今晩、薬を飲めば、明日の朝にはきっと楽になってる」

「うん」

「そうすれば土曜日に、一緒に鳥小屋まで行けるよ」

「うん」

お兄さんは眠っていた。そうと気づかないくらい静かな眠りの訪れだった。何の心配もなく、羽は優しく閉じられていた。


お兄さんが五十二年の生涯を閉じたのは、庭一面に霜柱が立ち、ヒヨドリの食べ残したリンゴも凍りつくほどに冷え込んだ日の、午後遅くだった。

朝、小父さんが出勤する前には別段変わった様子はなく、むしろ楽しげに霜柱を踏んで歩いたり、バードテーブルを掃除したりして普段より元気そうに見えた。

「行ってきます」

「行ってらっしゃい」

いつもどおり、二人は門の前で別れた。お兄さんのため、小父さんが心を砕いて守り続けてきた規則正しい習慣が、その朝もきちんと実行された。

にもかかわらず、終業時間の間近になって事務室の電話が鳴った時、小父さんはなぜか不吉な予感にさいなまれ、しばらく受話器に手を伸ばせなかった。

「兄さんに、何かあったんだ」

と小父さんは、一人きりの事務室で、声に出してそう言った。その一瞬、あらゆることがすべて分かってしまった気がした。何かとはつまり、取り返しのつかない事態であることも、今朝の「行ってらっしゃい」が最後になったことも、一度受話器を取った途端、もう元の自分には戻れなくなることも、全部がベルの音とともに伝わってきた。他の誰にも通じないポーポー語が、たった一人小父さんにだけ理解できるのと同じように、とにかく、理由もなく分かったのだった。そして小父さんの予感は当たっていた。

お兄さんは幼稚園の裏門の前に倒れているところを園長先生に発見され、すぐに救急車で町中の大学病院へ運ばれたが、既に心臓麻痺で死んでいた。鳥小屋を見ている時、発作を起こしたようだった。

「フェンスにもたれているお姿が、いつもと違って少し変だなあと思ったんです」

わざわざ病院まで付き添ってくれた園長先生が、心のこもったお悔やみの言葉のあと、その時の様子を説明してくれた。小父さんと園長先生が言葉を交わすのは、それが初めてだった。

「お体の向きが……。その時すぐに声を掛けるべきでした」

「いいえ、いいんです」

「次に気づいた時にはもう……」

「倒れていたんですね」

「ええ」

「でもどうして、僕の兄だとお分かりになったんでしょうか」

小父さんは尋ねた。

「もちろん分かります」

間髪を入れず、園長先生は答えた。

「あなたたちお二人ほど、園の小鳥を愛して下さった方は他におりません」

彼女のきっぱりとした口調に押され、小父さんは何も言えなかった。

「ずっと前から存じ上げておりました。けれどあまりに一心なご様子なので、お声を掛けられなかっただけです」

「そうですか」

小父さんはうつむいた。

「小鳥たちが……」

続けて園長先生が言った。

「鳥小屋の小鳥たちが、しきりに羽ばたいて、鳴いておりました。私たちに非常事態を知らせようとするように。倒れたお兄さんを呼び起こそうとするように」

お兄さんは最も相応しい場所で死んだのだ、と小父さんは思った。最期の時、小鳥たちがそばにいたことは、兄弟にとって何ものにも代えがたい慰めだった。

棺には白いバスケットが納められた。生涯で最も遠い場所へ旅をするのだから、どうしてもそれは必要な荷物だった。旅行準備の完了を示すように、いつもボストンバッグの最上部に入れられていたバスケットは、やはり、棺が閉じられる最後の時、お兄さんの手元に大事に置かれた。

何度でも心行くまで一連の点検動作に没頭できるよう、小父さんは慎重に中身を確かめた。ビー玉、クリップ、ヨードチンキの小瓶、メジャー、そしてポーポー。ヨードチンキはほとんど蒸発し、メジャーはすっかり伸びきっていたが、母親と三人で長い時間汽車に乗り、言語学者の研究室まで訪ねて行った時のままに、すべてが正しい位置、正しい向きに入っていた。

ただ、水曜日の買い物が途絶えて以降、姿を消していたポーポーだけは、葬儀の前に小父さんが青空薬局で新しく買ってきたものだった。彼の姿を認めると、店主は何も言わず、広口瓶の蓋を開け、底の方から抜き取ったポーポーを一本差し出した。

「ありがとうございます」

小父さんは頭を下げた。店主は何か言いたそうに、白衣の袖口のほつれをいじりながら口をもごもごさせていたが、結局は目礼しただけだった。店主はポーポーの代金を受け取らなかった。

それは小父さんが一番好きな色の、お兄さんが小鳥ブローチの記念すべき第一作の色として選んだ、レモンイエローのポーポーだった。店主がお兄さんの求める色を正しく引き当てた、それが最初で最後の時となった。

行き場を失い、ゲストハウスのロッカーに仕舞い込まれていた九羽の小鳥ブローチは、再び本来の居場所に戻ってきた。小父さんはそれらを母親とお兄さん、二人の写真の前に並べた。レモンイエローの小鳥を先頭に、彼らはお行儀よく一列に連なって二人を見守り、夜になると揃ってラジオに耳を傾けた。

お兄さんが死んだあとも、幼稚園のフェンスのへこみはそのまま残っていた。体が消えてなくなろうと、小鳥を見つめた熱心さだけは立ち去りがたく、いつまでもそこに留まっているかのようだった。そのへこみさえ見れば、片手を金網に引っ掛け、半身になり、頬をフェンスに押し当てていたお兄さんの後姿が、ありありとよみがえってきた。

仕事からの帰り道、時折小父さんはこらえきれなくなり、自転車を止めて、そこへ自分の体を滑り込ませた。自転車のブレーキの音に驚いてバタバタ飛び回る小鳥たちも、その位置に小父さんが身をひそめるとたちまち落ち着きを取り戻し、羽を畳んだ。お兄さんの残した空洞はゆったりとし、どこにも無理がなく、居心地がよかった。心なしか温かいようでさえあった。それがお兄さんの体温の名残なのか、小鳥たちが発する温もりなのか、小父さんには区別がつかなかった。

「小鳥たちは、元気ですよ」

いつの間にか銀杏の木陰から園長先生が姿を現わしていた。

「あっ、どうも、すみません」

不意をつかれた小父さんは慌ててフェンスから離れた。

「いいえ、どうぞそのままで」

戸締りの途中なのか、園長先生は鍵の束を右手に持ち、左手をエプロンのポケットに入れ、感じのいい笑みを浮かべてたたずんでいた。あたりには日暮れが迫り、職員室に一つ灯りがともっている他は、靴箱も遊戯室も屋根の黄色いカナリアのマークも夕闇に包まれていた。とうに子供の姿はなく、小鳥たちもそろそろ夜を迎える準備をしているように見えた。

「お兄さんが亡くなって、小鳥たちも寂しがっています」

止まり木に並ぶ十姉妹《じゅうしまつ》を見上げて、園長先生は言った。

「えっ、本当に……」

「ええ、もちろん。小鳥たちはよく分かっています。彼らがどれくらい賢いか、あなたもよくご存知でしょう？」

小父さんはうなずいた。

「お兄さんが姿を見せると、小鳥たちは競って歌を披露していましたよ。まるで逆上がりのできるようになった子供が、得意げにクルクル回って見せるように、褒めてもらいたくてたまらない、といった様子でね」

十姉妹たちは身を寄せ合い、羽を繕い、その合間に「チッ、チッ」と短い声を漏らしてはいたが、さえずりは聞こえてこなかった。夜が近いせいなのか、この人はお兄さんじゃない、と見抜かれているからなのか、小父さんに気を留める小鳥はいなかった。

「だから、子供たちと鬼ごっこをしていてもオルガンを弾いていても、お兄さんがいらしたらすぐに分かりました。小鳥たちの鳴き方が変わりましたから。いつもにも増して、一生懸命になるんです。息継ぎも惜しむくらいに」

お兄さんの前で小鳥たちがどんなに綺麗な声で鳴くか、小父さんもよく知っていた。

小鳥のさえずりが言葉の原石であるのを証明するように、それはポーポー語と溶け合って一つになり、いまだ鼓膜の奥で響き続けていた。

「そうですか……」

うつむいたまま、小父さんはつぶやいた。

「中に、お入りになりませんか？」

鍵の束を鳴らして園長先生は言った。小父さんは後ずさりし、自転車のハンドルに手を掛け、いいえ、もう帰らなければと言おうとしたが、その時にはもう、裏門が開かれていた。

ためらいがちに小父さんは初めて幼稚園の中へ足を踏み入れた。ほんの数歩移動しただけで、銀杏の落ち葉のにおいが濃くなり、小鳥たちはぐっと近づいて見えた。裏口の門灯が二人の足元を頼りなく照らしていた。

ふと小父さんは、鳥小屋の土台の角、丁度フェンスからは餌箱に隠れて死角になるあたりに、小さな花瓶が置かれているのに気づいた。花瓶には数本、コスモスが活けてあった。暗がりの中で、その薄い紅色が微《かす》かに揺れていた。

「少しでもお兄さんの手向《たむ》けになればと……」

再び鍵束が音を立てた。

勝手に毎日現われてただ小鳥を見つめていただけの人間のために、こうして思いを寄せてくれているのだから、たった一人の肉親として何かお礼の言葉を返さなければならないと小父さんはよく分かっていた。分かっていながら無闇に鼓動が激しくなるばかりで、唇は冷たく凍えたままだった。

十姉妹たちはあるものはつぼ巣へ潜り込み、あるものは止まり木で体を寄せ合って一つの影になり、短い鳴き声さえ止んで、いよいよ眠りの態勢に入ろうとしていた。

「小鳥たちが味方してくれますから、何の心配もありません」

十姉妹に語り掛けるように小父さんは言った。

「彼らが兄を、天国まで導いてくれます。何と言っても小鳥は、空を飛べるのですから」

「ええ、おっしゃるとおり」

園長先生はコスモスを見やったままうなずいた。二人の視線はすれ違っていたが、夜の気配は等しく彼らを包み込んでいた。

表通りの往来の気配は遠く、空に残る夕焼けは大方消え入ろうとしていた。

「あのう……」

どうしてそのようなことが思い浮かんだのか、小父さんは自分でも説明できなかった。

「もしご迷惑でなければ、鳥小屋を掃除させてほしいのです」

しかし気づいた時には既に、そう口走っていた。

コスモスを活けるのが園長先生にとっての供養であるならば、自分にとってのそれは鳥小屋を世話することだ。お兄さんが生涯をかけて見つめ続けた鳥小屋を、隅々まで丁寧に磨き上げながら、求愛の歌をうつむいた背中で聴くのだ。それが死んだお兄さんの最も近くに行く方法だ。と、わけもなく思ったのだった。

「ええ、もちろん。喜んでお願いしましょう」

と、園長先生は言った。


小父さんの直感は正しかった。ほどなく、鳥小屋の掃除は彼にとって生活の中心をなす作業となった。お兄さんの突然の死により、二人で築き上げてきたさまざまな習慣、例えば昼食のサンドイッチとスープや、夜のラジオや架空旅行の荷造りは、もはや守れなくなってしまったが、鳥小屋の掃除がその空白を埋めてくれた。

正直な所、カナリアをシンボルマークにいただく幼稚園としては、必ずしも鳥小屋の管理は行き届いているとは言えなかった。先生たちが当番で世話をしているらしいのだが、中には生き物が苦手な先生もいるらしく、少しでも手間を省こうと餌を何日分もまとめてやったり、フンの始末をいい加減にすませたりする場合が時折見られた。特に長い休みの間は、水の入れ替えも滞りがちだった。

まず小父さんは掃除道具を揃えるところからはじめた。物置にある道具はどれも、半分壊れかけて頼りにならないものばかりだったため、町に出て使い勝手のよいブラシ、箒《ほうき》、塵取り、バケツの類を購入し、出勤前の早朝、自転車の荷台に積んで幼稚園へ運び入れた。蛇口との接続部分が破れていた水道ホースは、家に余っていたものと取り替え、小鳥が逃げ出す恐れのある、ただフックを引っ掛けるだけの簡便すぎる鍵には、頑丈な閂《かんぬき》を取り付けた。パイナップルの缶詰を利用したお粗末な水入れや、雨に濡れてごわごわになった巣材や、補助飼料の追加や、その他もろもろの問題についても少しずつ改善していった。

「道具代をお支払いしますから、どうぞレシートをお持ちになって下さい」

園長先生は繰り返しお金の気遣いばかりした。けれどそのたびに小父さんは、

「いいえ、いいんです。どうせ家から持ってきたものばかりですから」

と言って誤魔化した。

実際お金などどうでもいい問題だった。小屋を小鳥たちにとって最善の場所にするこ

とは、同時にお兄さんを慰めることでもあった。堂々と鳥小屋に出入りし、彼らの歌を最も間近で聞ける喜びは、お金には代えられない特権だった。

「何とお礼を申し上げてよいか……。子供たちもどんなに嬉しがっているか知れません」

だから園長先生が園児たちを話題にすると、どういう反応をしていいのか戸惑い、申し訳ない気持になった。別に子供のためじゃないんです、兄と自分のためにやっているだけなんです、と正直に打ち明ける勇気もなく、ただ口ごもるばかりだった。

土曜日の午後、一緒にフェンスまで見物に来る時はほとんど園児の姿を見かけることはなかったが、お兄さん一人の時はどうだったのか。ふと小父さんは考えた。からかわれて嫌な思いをしたことはなかったのか。そういう時は園長先生が上手く取り成してくれたのだろうか。決してフェンスから向こう側へ行こうとしなかったのは、園児たちへの遠慮からだったのか。いずれにしても子供たちが振りまくざわめきと小鳥の歌は相容れないものだった。お兄さんの行動範囲内に鳥小屋が設置されていたのは素晴らしい偶然だとしても、それが幼稚園である必要はなかった。例えば誰からも忘れ去られた公園の片隅や、何を収蔵しているのかよく分からない博物館の裏庭の方が、お兄さんには相応しかったかもしれない……と小父さんは思った。

とにかく小父さんは子供が怖かった。じっとりとした皮膚の感じ、そこから発せられる高すぎる体温、額に張り付くもつれた髪の毛、アンバランスな足さばき、無意味な叫び、小さすぎる舌、何もかもが謎だった。彼らは求愛の意味も知らず、ただ小鳥たちの歌を寸断し、打ち消すだけの生き物でしかなかった。

彼らが登園してくる前の時間帯を目指して小父さんは早起きをした。しかしどんなに頑張って急いで自転車を漕いでも、小鳥たちはいつも既に目覚めていた。彼の姿を認めると小鳥たちはその弾んだ息に合わせるかのように地鳴きをし、巣から止まり木へ、ブランコから金網へと飛び移って羽をほぐした。

閂を外し、まだ誰にも乱されていない鳥小屋の空気の中へ一歩を踏み出す瞬間が小父さんは好きだった。そこには夜の間交わされた、小鳥たちの声にならないささやきが満ちていた。それを不用意に乱さないよう、注意深く身を滑り込ませると、フェンスの向こうはすぐそこに見えているのに、一歩よりもずっと遠い距離を移動したかのような錯覚に浸ることができた。

小父さんは小鳥たちに話し掛けなかった。「おはよう」と挨拶さえしなかった。彼らもまた、夜の間に何があったか一切語ろうとはしなかった。ポーポー語を喋れない自分が何を口にしても、大して意味はないと小父さんはよく心得ていた。必要なのは自分の役目を果たすことだった。

小父さんはひたすらに掃除をした。金網と木枠のつなぎ目、床の窪み、餌箱の底、天井の四隅、藁巣の隙間、いくらでも掃除すべき場所はあった。どんな小さな空間にも、餌の殻か抜けた羽根か干からびたフンのどれかが入り込んでいた。水は冷たく、手はすぐにかじかんできたが気にならなかった。体を動かせば動かした分だけ、長年に亘《わた》って堆積した汚れが少しずつはがれ落ちていった。園児や先生はまだ誰一人登園しておらず、路地を通り過ぎる人はなく、小父さんを見つめるのはただ小鳥たちばかりだった。

補給された餌箱は安心感に満ち、水浴び用の水は金網をすり抜けてくる朝日を受けて光り、乾きはじめた床には、ブラシの跡が模様になってゆっくり浮かび上がろうとしていた。その時、頭上の一羽がその朝最初の歌をうたい出した。

歌は必ず前ぶれなしにはじまる。呼吸の続きのようにさり気なく、しかし第一音から十分に準備された確かさで発せられる。もしかすると嘴の奥か、羽の付け根か、どこかにささやかな兆しが現われるのかもしれないが、小父さんには読み取れない。小父さんは一瞬、手を止める。小鳥が歌をうたっても一向に不思議はないのに、何か特別な事態が起こったかのような気持になる。目の前の一羽が自分のためだけに秘密のサインを送ってくれているのだ、という心持で耳を澄ませる。

メロディーは表情に富み、リズムは軽やかで、声量はたっぷりとしている。気ままにさえずっているようでありながら、そこにはきちんとした抑制と計算が張り巡らされ、どんな一音も無造作に発せられることはない。五線紙に刻まれる音符は各々《おのおの》目配せを交わしながらつながり合い、独自の軌跡を描いている。歌という言葉さえ知らないものが、歌を生み出している。音色はどこまでも澄み渡り、一点の失敗もない。朝の冷気に乗って歌は小父さんの頭上を舞い続ける。

小鳥はお兄さんの言葉を運んでくれているのだ、だからか弱い体でこんなに一生懸命歌うのだ、と小父さんは思う。すぐに別の一羽が新しい歌をうたい出す。続けて二羽、三羽と歌が重なってゆく。うつむいたまま、いつまでも小父さんはじっとしている。

6

ゲストハウスでの仕事はさほどの変化もなく続けられた。ゲストハウスについて小父《おじ》さんは、いつしか最も詳しい人間になっていた。バラ園に害虫が発生したり、漏電で小火《ぼや》が起きたり、来賓の一人が貧血を起こして倒れたりと、思いがけない事件はいくつかあったが、小父さんは常に的確に対応した。害虫の特定から配電盤の修繕記録まで、救急病院の電話番号から保険金請求の用紙まで、どこに何があってそれをどう処理したらいいか、すべてを把握していた。食器戸棚の上から何段めにどんな柄のコーヒーカップが何客揃っているか、そこまで熟知しているのは彼一人だった。ゲストハウスに関しては誰もが彼を頼りにしていた。

職場関係の幾人かは、お兄さんの不幸に対し、お悔やみの言葉を掛けてくれた。家の事情など誰に話した覚えもないのに、皆、小父さんがとうとう一人ぼっちになってしまったということを知っていた。彼らの言葉は青空薬局店主のポーポーや、園長先生のコスモスほどの意味は持っていなかったが、それでもいくらかの慰めを与えてはくれた。

地下の事務室で仕事をしている時、昼休みの時間が近づくとつい時計に目をやってしまう癖は、なかなか治らなかった。時計は必ず十二時五分前を指していた。サンドイッチが売り切れていないか気にしながらパン屋で買い物をする必要も、焦って自転車を漕ぐ必要もなくなったのに、体が勝手にそわそわするのだった。

「ああ……」

小父さんは今初めて、家で待っている人は既にいないと気づいたかのような声を漏らし、もう一度深く椅子に座り直して、あと五分、業務に集中した。

昼食はゲストハウスのバラ園で食べた。テラスを出てすぐ右手、すべてのバラを見下ろせる東屋《あずまや》に、休憩するにはうってつけのベンチがあった。ゆったりと余裕があり、背もたれが適度に傾斜し、いくら座っていても疲れないベンチだった。メニューは相変わらずの店で買ってくるパンだったが、もはやサンドイッチにこだわる理由は失われていたので、ホットドッグやチョコレートパンやハンバーガーをその時々の気紛れで選んだ。

小父さんはネクタイをゆるめ、背中を丸めてパンに齧《かじ》りつき、パック入りの冷たい牛乳で流し込んだ。緩やかに続く傾斜の一番先まで、いろいろな種類のバラが植わっていた。あるものは支柱に守られ、あるものは勢いよく枝を広げ、あるものはアーチに蔓《つる》を絡ませていた。それらを規則正しく区切る、階段状の遊歩道を小父さんは目でなぞった。ただ目の前にそれがあるという理由だけで、バラ園を眺めた。バラの花はまだ一輪も咲いていなかった。

あっという間にパンを食べ終わると、紙袋を潰し、それを手に持ったまましばらくぼんやりした。庭師もクリーニング業者も午前中で引き上げ、接待の予定はなく、ゲストハウスには小父さん一人きりだった。テラスに面したガラスは日差しを受けて明るく輝き、そのきらめきの向こうにソファーや暖炉やシャンデリアが透けて見えた。ほんの少し開いた二階の窓からレースのカーテンがはみ出して、風になびいていた。車寄せの方からムクドリか何か、野鳥の声が聞こえたようにも思えたが、空にその姿はなかった。

「やっぱり、サンドイッチが一番美味しいな」

小父さんは独り言をつぶやいた。それから、更に小さく紙袋を丸めたあと、足元に落ちたパンくずを踏みつけた。

家への往復の時間分だけゆっくり過ごせるはずなのに、小父さんは早めに昼休みを切り上げ、事務室に戻って書類仕事の続きをした。

鳥小屋の掃除に幼稚園へ通う以外の時間、小父さんはしばしば図書館で過ごした。公民館の二階にある、こぢんまりした分館だった。借りるのは例外なく鳥にまつわる本で、図鑑や写真集や科学書はもちろん、わずかでも鳥に関わりのあるものを探しては順番に読んでいった。案外、借りるべき本は尽きなかった。野鳥の写真を撮影する方法を解説した指南書もあれば、色変わりしたコキンチョウの交配に生涯をかけたある小学校教師の伝記もある。ヨウムに言葉を理解させる研究レポートもあれば、白鳥に乗って旅をする少年のおとぎ話もある。孔雀公園の飼育員、独房で文鳥を友とした死刑囚、密猟者、鳩料理専門店のシェフ、鳥の鳴き真似を得意とする口笛演奏家……。登場人物は多彩だった。

小父さんが立ち寄る時間帯、分館は空いていた。カウンターの向こう側に司書が一人、絵本コーナーの丸いテーブルに子供が二、三人、あとは書棚の陰に幾人かが見え隠れしているだけだった。天井は高く、蛍光灯の光は弱々しく、床は所々軋《きし》んで切ない音を立てた。南向きの窓には用水路に沿って延びる遊歩道の緑が映っていた。掲示板に張られた新着図書到着の案内も、本の背表紙の分類シールもどことなく黄ばんでいた。

いつしか小父さんは書棚の前に立ち、背表紙に目を走らせるだけで、求める本をパッと見つけることができるようになっていた。それを読みたいか読みたくないかは問題ではなく、大事なのはただ一点、鳥がいるかいないかだけだった。たとえそこに『鳥』の一文字がなかろうと、鳥とはどんなにかけ離れたタイトルであろうと、小父さんの目は誤魔化せなかった。本の奥深くに潜むさえずりがページの隙間から染み出してくるのを、小父さんの耳は漏らさず捕らえた。その一冊を抜き取り、ページをめくると、案の定そこには鳥の姿があった。分館に収蔵されて以来まだ誰の目にも触れていないページに、長く身を隠していた鳥たちは、「やれやれ」といった様子で、小父さんの手の中でようやく翼を広げるのだった。

「いつも、小鳥の本ばかり、お借りになるんですね」

ある日、新しく借りる本をカウンターに置いた時、突然司書から声を掛けられ、小父さんは狼狽《ろうばい》した。貸し出しカードを手にしたまま、しばらく声の主に視線を向けられなかった。

「ほら、今日の本もそう。『空に描く暗号』」

司書は本を受け取り、タイトルを読み上げた。

「渡り鳥についての本でしょう？」

その時初めて小父さんは司書の顔を見た。幾度となく分館に来ていながら、司書を意識したことなどなく、目の前の彼女とこれまでに何度くらい顔を合わせているのか、見当もつかなかった。しかし少なくとも彼女が、小父さんの読書の傾向を正しく把握しているのは間違いなかった。

「はい……」

仕方なく小父さんはうなずいた。自分が選ぶ本に気を配っている人間がいようとは思いもせず、不意打ちをかけられたようで気後れがした。

「ごめんなさい。別に利用者の方の借り出し状況をいちいちチェックしているわけじゃないんです」

小父さんの動揺を見透かすように彼女は言った。

「ただ、ここまで一貫している方はそういらっしゃらないので、何と言うか、とても圧倒されているんです」

彼女は『空に描く暗号』の表紙を撫で、それから上目遣いにはにかんだ笑みを浮かべた。

思いがけず若い娘だった。若すぎると言ってもいいほどだった。ふっくらとした頬にはまだあどけなさが残り、首はか細く、化粧気のない唇は潤んでつやつやしていた。短く切り揃えられた髪は襟元で跳ね、無造作にめくり上げた事務服の袖口からは、白い手首がのぞいていた。

「ここに座っているとどうしても、誰がどんな本を借りるのかつい気に掛けてしまうんです。立派な老紳士が『不思議の国のアリス・お菓子大事典』をリクエストしたり、小学生の男の子がギリシャ哲学のシリーズを読破したり……。新着図書が到着すると、この本は誰の好みか、誰に相応《ふさわ》しいか、勝手に思い浮かべます。たまにその予想がぴったり命中すると、自分が善い行いをしたみたいな気分になるんです。そしてある時気がつきました。この人は鳥に関わりのある本しか借りない、って」

まるでそれが素晴らしい発見であるかのような口調で、彼女は言った。小父さんはただあいまいに、「ええ、まあ……」と応じるしかなかった。

「一体どこまで鳥の法則は続くのだろうかと、ずっとどきどきしていました」

そう話しながら司書は、小父さんの手から貸し出しカードを受け取り、ノートに書名と分類記号と利用者番号を記入した。几帳面で綺麗な字だった。

「一見、鳥と無関係な本だと、ちょっと心配になるんです。だから返却された時、そっとページをめくって、鳥を探します。見つけられた時は、なぜかほっとするんです」

外見の幼さとは裏腹に、彼女の声にはあたりの静けさを乱さない落ち着きがあった。絵本コーナーの子供たちはいつの間にかいなくなり、他の人たちは皆書棚の間に隠れて姿が見えなかった。彼女がなかなか『空に描く暗号』を手渡してくれないせいで、小父さんはカウンターの前に立っているよりほか、どうしようもなかった。

「でも、今日は心配ありませんね。渡り鳥の本だって、はっきりしていますから」

ようやく彼女は本の上にカードを載せ、小父さんに差し出した。どう反応していいか分からないまま、彼は黙ってそれを受け取った。

「ね、小鳥の小父さん」

と、司書は言った。あなたは小鳥の小父さんなのだから、そう呼んだまでです、とでもいうような素直な微笑が口元からこぼれていた。思わず小父さんは「えっ」と短い声を上げた。

「幼稚園の子供たちは皆、そう呼んでいますものね」

小さくうなずいたあと、小父さんはズボンのポケットにカードを突っ込み、本を脇に挟んだ。

「返却は二週間後です」

そう言う司書の声を背中に聞きつつ、小父さんは分館を後にした。

帰り道、日曜日で閉まっている青空薬局の、入口に引かれた白いカーテンの隙間から何気なく中を覗き、ポーポーが姿を消しているのに気づいた。小父さんは自転車を止め、もう一度よく確かめた。やはり、ポーポーの入っていた広口ガラス瓶はどこにもなかった。それがあったはずのレジ脇には、口臭予防のガムが置かれていた。

ポーポーがないだけで、そこは自分の知っている青空薬局とは違う場所のようによそよそしかった。先代の店主は死に、天井のモビールと小鳥ブローチはもはや跡形もなく、結局ブローチにしてもらえなかったポーポーたちも、飛び立てないまま待ちくたびれて打ち捨てられてしまった。

これで、お兄さんがポーポーのために特別に選ばれた人間であったことが証明されたのだ、と小父さんは自分に言い聞かせた。お兄さんが死んだからこそ、広口ガラス瓶は撤去された。あの中から一本を選ぶ権利がある、唯一の人間がお兄さんだった。ささやかな薬局の片隅で羽を休めていた小鳥たちを、お兄さんは救い出したのだ。お兄さんにしかできないやり方で。

小父さんは再び自転車にまたがり、家路を急いだ。納棺の際、レモンイエローのポーポーをバスケットに納め、金具を閉じた時のパチンという音がよみがえってきた。言語学者の研究室へ向う汽車の中、終わりなく何度もその金具を開け閉めしていたお兄さんの震える指と、それを黙って見つめていた母親の横顔を思い出した。金具の音は、棺の蓋を閉める音よりもずっと正しく、お兄さんの死を証明していた。

自転車の籠の中で、借りてきたばかりの本がカタカタ鳴っていた。

「返却は二週間後です」

司書の言葉を、小父さんは声に出して言った。

「返却は二週間後です」

ペダルを踏む足に力を込め、もう一度繰り返した。本の立てる音と風の音に自分の声が紛れ、代わりに司書の声が耳元でよみがえってくるのを小父さんは感じた。彼女の声をもっとよく聞きたくて、更に力一杯ペダルを踏んだ。

東屋のベンチで小父さんは、『空に描く暗号』を膝に載せ、人間には解けない秘密に導かれて飛んでゆく渡り鳥に思いを馳せた。彼らが目指すのは、どんなに綿密に荷造りをしたとしても、到底たどり着けないだろう場所だ。そんな遠いところまで、何のためらいもなく、不満も漏らさず、命さえ惜しまずに渡ってゆく。

小父さんは空を見上げた。バラ園の上空には、西風に流されるぼんやりした雲の塊が二つ、三つあるだけで、鳥の姿は一羽もなかった。

「これは良い本だ」

本の表紙を撫でながら彼はつぶやいた。その独り言は誰にも届かず、ただ足元にこぼれ落ちてゆくばかりだった。そこにはやはり、パンくずが落ちていた。

余計なものが映らないよう、奥底の一点にまで黒さが満ちた彼らの目に、渡りの道しるべとなるらしい星座がどんな形を結んでいるのか、小父さんは知りたいと願った。その形をたどってゆけば、お兄さんの小島に行き着ける気がした。唯一、小父さん一人、操ることのできたボートとオールは彼の手元を離れ、海流に飲まれ、失われてしまった。もしも今、小島へ行ける道が残されているとすれば、きっとそれは空にしかないだろうと思われた。鳥だけが道順を知っている。鳥だけが暗号を解ける。

もう一度小父さんは空を見渡した。晴れていながら稜線の縁には薄い靄《もや》がかかり、冬に渡ってきた鳥たちがそろそろ帰り支度をはじめる季節なのだと知らせていた。バラ園の蕾も日に日に数を増やしていた。

『空に描く暗号』を読んで彼が最もはっとしたのは、渡りを終え、無事目的の地である湿地帯や湖や森林にたどり着いた彼らが、ひどく疲労しているという事実だった。栄養は不足し、体力は衰え、ほとんどすべてのエネルギーを使い果たしたぎりぎりの状態にあるらしい。そういう鳥をわざと狙う密猟者もいるほどなのだ。長い旅をしてくるのだから疲労するのは当然だが、なぜか小父さんの胸に、疲れ果てた鳥の姿が焼きついて離れなかった。幼稚園の鳥小屋でも庭にくる野鳥でも、小父さんは疲れた鳥を見たことがなかった。鳥小屋の小鳥はいつも、弱った様子を見せる暇もなく突然に死んだ。いつしか訳もなく、彼らはどこからか力を得て、無限に空を飛べる生き物なのだろうと夢想するようになっていた。

もちろんお兄さんは、疲れた鳥についてもよく知っていたはずだ。例えば、具合が悪くて眠れない夜、湿原の茂みで羽を休める渡り鳥のことを思いやっていたかもしれない。やっと渡りを終えた安堵に浸る余裕もなく、荒い呼吸を静め、傷ついた羽を繕い、体力の回復のために早速餌を探さなければならない彼らの安全を、祈ったかもしれない。と同時に、ここまでたどり着いた偉業に対し、尊敬の念を捧げるのだ。

小父さんは本を開き、目についた数行を声に出して読み返してみた。声に出す方がより彼らへの尊敬を深く表せる気がした。ワタリガラス、マヒワ、オオワシ、ジョウビタキ。幾枚か写真も差し挟まれていた。

〝……長い間人間は、彼らの渡りは本能的な感覚によってなされ、技術や知能とは無関係と見なしてきました。しかしそれは大間違いです。どんなに彼らが安々とそれをやってのけているように見えても、渡りは困難極まる行動なのです。太陽の位置、星座、陸上の目印、風向き、磁気、あらゆる情報を彼らは分析し航路を見出します。彼らは、考えているのです……〟

かなり古い本だが、大勢の人に借り出され読まれた気配は残っていなかった。渡り鳥について書かれているにもかかわらず、長く同じ場所に留まり続け、ほとんど仮死状態になったまま忘れ去られたような本だった。どうしてか小父さんが借りるのはそういう本が多かった。渡り鳥たちを驚かさないよう、小父さんは優しくページをめくった。いつの間にかお兄さん自身が、疲れ果てた渡り鳥そのものであるかのような気持になってきた。お兄さんの編み出した言葉は、渡り鳥の航路と同じだった。それがなぜそこへ引かれ、どんな意味を持つ形となり、どこへつながってゆくのか、誰にも分からなかかった。どんなに願っても、旅立ってゆく彼を引き止めることはできなかった。たとえ、小父さんでも。

昼休みの終わる時間が近づいていた。相変わらず鳥たちの姿はなかった。引き続き小父さんは朗読を続けたが、その声はあてどもなくあたりを漂うばかりだった。

「これ、返却をお願いします」

「あら、こんにちは、小鳥の小父さん」

前回、声を掛けてきたのはほんの気紛れで、今日はきっともう知らんぷりをされるはずだと、分館へ向う道すがらずっと自分に言い聞かせていた小父さんは、思いがけず自然な司書の態度に接し、普段にも増して上手く言葉が出てこなかった。

「いかがでしたか？　この本」

「ええ、何というか……まあ、とても意味深い本でした」

司書の目を見られず、彼女の手元に視線を落としたまま彼は答えた。

「それは良かった」

司書は貸し出しカードとノートに返却の判を押し、『空に描く暗号』をカウンターの脇にある専用のボックスへ入れた。彼女は本をとても優しく扱った。ただ単に職業柄というだけでは済まされない、慈しみのようなものがあった。ほんの一瞬、彼女が『空に描く暗号』に触れただけで、疲れ果てた渡り鳥たちが何かしらささやかな慰めを得たようで、小父さんはうれしく思った。

「で、次はこれを借りたいんですが……」

小父さんは次の本をカウンターの上に置いた。今まで借りたなかで最も分厚く、立派な作りの本だった。それは鳥籠を専門に製造、販売する会社、ミチル商会の社史だった。

「ごめんなさい」

いかにも申し訳ない、といった口調で司書が言った。

「これは、お貸しできないんです」

「えっ」

「持ち出し禁止になっているので……」

よく見ると背表紙に、それ専用の赤いシールが貼ってあった。

「でももちろん、図書館の中でお読みになるのは自由なんですよ」

司書は微笑んだ。

「はあ、そうですか……」

その微笑に応えたいと思いながら、相変わらず小父さんはただうつむくばかりだった。

「やっぱり、これもまた見事な選択ですね」

『ミチル商会　八十年史』をカウンターの上に立て、輪郭を掌《てのひら》でなぞりながら彼女は言った。

「社史に目をつけられるとは、意外でした。不意をつかれました」

二週間前と変わらず彼女は無邪気で、飾り気がなく、地味な事務服姿でも隠しきれない初々しさにあふれていた。

「実は私、小鳥の小父さんが次に何を借りるか、密かに予想を立てているんです」

「えっ」

「はい。もちろん私一人の、心の中だけの予想です。この本に鳥が隠れているのに、小父さんは気づいているかな？　来週あたり借りるのは、この本じゃないかな？　とね。ご迷惑ですか？」

「とんでもない」

慌てて彼は首を横に振った。

「ああ、よかった。私一人の勝手な楽しみですから、どうぞお気になさらないで下さいね」

もちろんです、迷惑であるはずがありません、どうぞ自由に楽しんでくれて構わないんです、と小父さんは心の中でつぶやいた。

「それにしても社史にまでは注意が及びませんでした。ミチル商会のミチルは、青い鳥のチルチルミチルからきていたんですね。迂闊《うかつ》でした。さすが、小鳥の小父さんです」

自分の予想が外れたにもかかわらず、むしろ彼女は楽しそうだった。早速『ミチル商会八十年史』をぱらぱらとめくり、感心したように「ふうん」とうなずいたりしていた。華奢《きやしや》で白い彼女の手の中にあると、それはいっそう分厚く見えた。

なぜ自分が、さすが、と言って褒められるのか、小父さんにはよく分からなかった。分からないながらも、朗らかな気分になるのを止められなかった。

「それにしても、世の中に、こんなにもたくさん鳥にまつわる本があったなんて……。私が気づかない場所に、こっそり鳥は隠れているものなんですね。私の目の届かない空の高いところを、鳥たちが飛んでゆくのと同じですね」

社史から目を上げ、彼女は窓の向こうを見やったが、そこには遊歩道の緑が映るばかりで空はもっと遠くにあった。

「冬を越した鳥たちが、いよいよ渡りをはじめる頃です」

彼は言った。

「……ホルモンの分泌の変化によって、彼らは旅立ちの決意を固めます。必要な方向を定め、慣れた土地を離れます。なぜ自分はこれほど長く危険な旅を繰り返さなければならないのだろうかと、疑問を持ったり不平等を感じたりはしません。彼らはただ、内なる声に忠実に耳を傾けるだけです……」

すっかり覚えてしまった『空に描く暗号』の一節を彼は暗唱した。書棚の間にいた何人かの利用者が、怪訝《けげん》な様子でカウンターの方をうかがっていた。しかし彼の声は間違いなく、目の前にいる司書の耳に届いていた。

彼女はうなずき、再び微笑み、『ミチル商会　八十年史』を差し出した。

「さあ、どこでも、空いている席をお使いになって下さい」

窓に面した部屋の片隅に、閲覧用の机と椅子がいくつか並んでいた。子供が一人、絵本を読んでいるだけで他に人影はなかった。

「どうもありがとう」

彼は本を受け取った。

「どうぞ、ごゆっくり、小鳥の小父さん」

そうだ、自分は小鳥の小父さんなのだ、と不意に彼は思った。幼稚園児たちに散々そう呼び掛けられ、時に辟易《へきえき》していたのが、彼女の口から発せられた途端、その名は自分一人だけに授けられた格別の印となった。自分の左胸に、光を放つ名札が留められているかのような気分だった。

いつの間にか、返却する本を抱えた人が後ろに並んでいた。ようやく小父さんはカウンターの前から離れた。

「あの、ポーポーは……棒付キャンディーはどこに……」

次の水曜日、仕事の帰りに小父さんは青空薬局に立ち寄った。

「ああ、あれは製造中止になったの」

事も無げに店主は言った。あらかじめ予想された通りの答えだったので、彼は少しもショックを受けずに済んだ。そもそも青空薬局に寄ったのは、ポーポーが最早そこにないことを確かめるためだった。

「最近は流行らないらしいわね、ああいうキャンディーは」

長く広口ガラス瓶が置かれていたところは、そこだけ黒ずんだ跡が残っていた。代わりの口臭予防ガムは素っ気ないラックに並べられていたが、広口ガラス瓶ほどの存在感はなく、カウンターはどこかぼんやりした雰囲気になっていた。

「それほど美味しいってわけでもないし、包装紙も古臭かったからね」

ほつれた白衣の袖口をいじりながら、店主はぼそぼそと喋った。

まさか彼女は忘れてしまったのだろうか。毎週毎週水曜日、お兄さんがポーポーを買いに来たことを。そのパッとしない包装紙から、お兄さんが見事な小鳥ブローチを作り上げ、それをあなたにプレゼントしたという事実を。

小父さんは天井を見上げ、それから広口ガラス瓶の名残の黒ずみに指を這わせた。いつしか店主は初老と言っていい年頃になり、雑貨店だった頃の前店主と見分けがつかないほどになっていた。よく計算してみれば、兄弟二人で店に通いはじめた頃から、既に四十年以上が経っていた。

「で、残りのキャンディーはどうなったんでしょう」

「廃棄したよ。瓶も一緒に。会社からそう指示があってね。製造中止にした品がいつまでも出回ってると、いろいろ不都合があるらしくて」

小父さんは黒いビニール袋に詰め込まれ、残飯の中に埋もれ、ゴミ収集車の中で押し潰されてゆくポーポーを思い浮かべた。棒が折れ、粉々に砕け、甘い匂いの欠けらさえ残せず消えてゆく様を想像した。それから、ブローチになれなかった可哀そうな小鳥たちの冥福を祈った。あらかじめ小鳥ブローチを青空薬局から救出しておいたことだけが、せめてもの慰めだった。

「そうですか。じゃあ、これで」

本当は肩こり用の湿布薬を買うつもりだったが、結局、何も買わないまま小父さんは青空薬局を後にした。

その夜、ラジオからは小説の朗読が流れていた。前世紀、どこかヨーロッパの遠い国で書かれたらしい物語だった。お兄さんのいない夜を過ごすことに、小父さんはいつまで経っても慣れなかった。お兄さんの真似をして一心に耳を澄ませようと努め、その一心の表し方はどんなふうだったろうかと思って、ついいつも座っていたソファーのあたりを見てしまうことも、しばしばだった。

お兄さんはチェストの上にある写真の中にしかいなかった。母親の写真の隣で、はにかむような眩しいような目をしてこちらを見つめている。架空旅行へ出掛ける時、すべての荷物を無事詰め終え、ほっとして、庭先に出て撮った一枚だ。あれはどこへの旅行だったろう。客船でのクルージングだったか、カルスト台地のハイキングと鍾乳洞《しょうにゅうどう》の見物だったか、記憶があいまいになって思い出せなかった。写真の前にはちゃんと小鳥ブローチが九個、レモンイエローを先頭に順番どおり並んでいた。

ラジオの朗読は小父さんの暗唱よりずっと上手だった。抑揚に富み、思わせぶりで、臨場感にあふれていた。道ならぬ恋に溺れる貴族の夫人が、相手の青年に向けて書いた手紙を小間使いに託す場面だった。万が一誰かの目に触れてもいいよう、手紙は二人だけの間で通じる暗号で書かれていた。

鳥が空に描く軌跡、お兄さんが語るポーポー語、それ以上に絶対的な暗号などこの世に存在しないのに、と小父さんは思った。邪悪な欲望のために苦し紛れで編み出した暗号など、きっとすぐに正体が暴かれてしまうはずだ。案の定、好奇心にかられ、こっそり手紙を開封してしまった小間使いは、中身を石板に書き写して解読をはじめる。

カウンターの向こう側でじっと暗唱を聞いていた司書の姿を、小父さんは思い出す。小父さんの声に導かれて今にも鳥が空を横切ってゆくのでは、という様子で窓を見つめていた姿をよみがえらせる。自分はただ渡り鳥について本に書いてあったとおりのことを語っただけで、あとはほとんど彼女一人が喋っていたにもかかわらず、二人で長い時間会話したかのように感じられるのが不思議だった。胸に詰まって上手く出てこない言葉たちも、全部彼女の元に届いている、と信じさせてくれる話し方をする人なのだ。お兄さんと自分との会話がいつでもそうであったのと同じように。

彼女は図書の整理をしている。返却された本を点検して元の棚に戻したり、本館から届いた本を分類したりする。利用者の目が届かないところでも、もちろん本に触れる手の振る舞いに変わりはない。すべての本をいたわりつつ平等に扱う。そんな時、ふっと手が止まる。タイトルか、表紙の絵か、背表紙の感触か、紙の黄ばみ具合か、何かが彼女を引き止める。彼女は目次を眺め、前書を斜め読みし、更にページをめくってみる。そしてどこか片隅に、誰にも聞こえない声でさえずっていた小さな鳥を見つける。格別の飾りもない慎ましやかな姿形ながら、うっとりするほど綺麗な歌声を持つ鳥だ。彼女は息をひそめ、耳を傾け、口元にうっすら笑みを浮かべる。

「小鳥の小父さんに、見つけてもらいなさい」

そうつぶやきながら、さえずりを邪魔しないよう静かに本を閉じる。この本を小父さんが借りに来るのを、カウンターの向こう側でいつまでも待っている。

司書と小父さんの間は秘密の航路でつながっている。その航路をたどれるのは鳥だけだ。ただ鳥だけが、二人を結ぶ暗号を解くことができる。

小父さんはラジオのボリュームを少し下げた。それでも朗読者の声はよく通った。小間使いは仕事が済んだ真夜中、屋根裏部屋で石板の暗号を解明しようと努める。その間、夫人と青年との関係は抜き差しならない状態に陥ってゆく。ある夜、小間使いはとうとうキーとなる数字を見つけ出し、手紙の解読に成功する。そこに書かれたみだらな言葉の連なりに怒りと興奮を覚えた彼女は、次の手紙を託された時、二人が逢引する待ち合わせ場所を記した箇所に細工をする。ほんの小さな細工、たった一本、横棒を付け加えただけの悪戯が、青年の身に取り返しのつかない災いをもたらすことになる……。

そこでBGMが大きくなり、朗読者の声は遠のき、「続きは来週水曜日、同じ時間にお送りします」という告知が流れた。

司書との間の暗号が、邪悪な解読者によって乱されないよう、小父さんはラジオのスイッチを勢いよく切った。

7

次の日曜日から毎週、朝一番に鳥小屋の掃除を済ませたあと、『ミチル商会 八十年史』を読むために小父《おじ》さんは分館へ通った。階段を上り、傘立てや灰皿の置かれた狭い踊り場を抜け、自動扉を通るとすぐ左手にカウンターがあった。

「おはようございます、小鳥の小父さん」

どんなにそろそろと入って行っても彼女は彼を見つけ、挨拶の言葉を掛けた。

「あっ、どうも……」

小父さんの返事は小さすぎて、自分でも聞き取れないくらいだった。

社史のコーナーは書棚の北の端、一番目立たない隅に、郷土史や辞典や便覧たちと並んであった。そこに立つたび小父さんは、もし他の誰かが『ミチル商会　八十年史』を読んでいたらどうしよう、という微《かす》かな不安を覚えたが、いつでも必ずそれは定められた場所にあった。

閲覧スペースのうち、どの椅子に座るのが最も適切か、小父さんはよく心得ていた。つまり、普通に本を読んでいる限りはこちらの姿を隠していられるが、ほんの少し、不自然でない角度に首を傾ければ、書棚の間から司書の姿が見える、という椅子だった。そこに腰掛け、小父さんは『ミチル商会　八十年史』を読んだ。思いがけずそれは面白い読み物だった。表紙をめくった一ページめ、次のような巻頭言が掲げられていた。

〝鳥籠は小鳥を閉じ込めるための籠ではありません。小鳥に相応しい小さな自由を与えるための籠です〟

創業者は元々竹細工職人から身を起こし、小さな鳥籠屋を会社組織にまで育てた人で、孫の代となった現在では、家庭用の鳥籠から動物園に備え付ける巨大なケージまで幅広く扱っていた。まず、鳥籠屋時代の店の様子やミチル商会となって最初の社屋、工場の落成式典、社員旅行、取り扱い商品、現本社社屋、歴代の社長の肖像、等々の写真によって大まかな変遷が示され、以降、年代を追って会社の歴史が綴られていた。

そもそも小父さんには会社というのがどういうものなのか、よく分かっていなかった。父親が労働法の専門家だった事実を思えば、皮肉なことだと言えるかもしれない。もちろん彼も金属加工会社に属し、お給料をもらっていたが、本体から遠く離れた孤島に閉じ込められているようなもので、社史に描かれた競争や開発や利益や発展とは縁がなかった。むしろ彼に求められてきたのは、保存と安定だった。だからこそそれは新鮮な読書となった。

写真の説明文から脚注の一行一行に至るまで、小父さんは丁寧に読んだ。急ぐ理由は何もなかった。『ミチル商会　八十年史』を手にしているかぎり、そこに座っている理由は保障されていた。外に持ち出せない本だから分館の中で読むように、と言ったのは司書自身なのだった。

目が疲れると老眼鏡を外し、遊歩道の緑に視線を向け、それからカウンターの方をうかがった。日曜日の分館は子供連れの姿がやや目立つ程度で、普段どおりの穏やかさを保っていたが、それでも案外司書は忙しそうだった。カウンターに人が並んでいない間でも、書き物をしたり、どこかへ電話を掛けたり、地下の書庫へ下りて行ったりした。書棚の間から見える姿は細切れでも、彼女が今どんな様子でいるか彼には十分伝わってきた。

社史には各章のはじめに、メジロやオオルリやコキンチョウやヒバリのイラストがあしらわれていた。新しい章に入るとまず羽ばたく彼らの姿が現われ、そこから次の時代に入っていった。ミチル商会の歴史はさまざまな困難の繰り返しだった。初代は職人気質の頑固さから、品質に妥協を許さず、工場での大量生産を計画する息子の副社長と対立が絶えなかった。結局初代は竹細工組合の慰安旅行の最中、浴場で転倒し、その怪我が元で亡くなる。息子の代になり順調に会社は大きくなるかと思われたが、途中戦争があり、会社と工場は焼失し、顧客たちの小鳥も皆死んでしまった。再び人々が小鳥を飼う気持を取り戻すまでには長い年月を要した。

閲覧コーナーでは高校生、老人、中年の婦人などが本を広げていたが、小父さんほどの熱心さはなく、ほどなくして去っていった。彼がどんな本を読んでいるのか、気にする人は誰もいなかった。そんな間も時折、司書の声が聞こえてきた。

「はい、構いませんよ」

「本館に問い合わせてみましょう」

「手前から三列め、中央あたりの棚にあると思います」

その声は書物たちが作る影の中をゆっくりとすり抜け、小父さんのところにまで届いてきた。彼が読んでいる本について承知しているのは、彼女ただ一人だった。

ミチル商会を救ったのは防錆《ぼうせい》と防臭効果のある素材を使った新製品で、結局は初代の品質へのこだわりがもたらした、技術の成果と言えた。家庭用の鳥籠業界で一気にトップに立つとともに、初代の竹細工の技術を活かした工芸品としての鳥籠を、海外へ輸出するまでになった。その間にも横領事件があり、労災死亡事故があった。類似品の摘発があり、ライバル会社の台頭があった。しかしそのたびごと、章が変わるごとに、一羽の鳥が現われ、一声高らかに歌声を響かせ、新たな地平を拓いていった。

カウンターの前に本を抱えた人の列ができていた。それでも彼女は焦りもせず、悠々と手続きを進めていた。

「返却は二週間後です」

スタンプを押す軽やかなポンという音のあとに、彼女の声が聞こえてきた。随分たくさんの絵本を借りた親子のようだった。母親は絵本を手提げ袋の中へ仕舞うのに気を取られ、せっかくの司書の言葉をきちんと聞いていないように見えた。

「返却は、二週間後、です」

周りの人に気づかれないよう、こっそり小父さんは同じ一言をつぶやいてみた。『空に描く暗号』が自転車の籠の中でカタカタ鳴るのと一緒に耳に響いてきた、彼女のその一言を、自分だけの胸によみがえらせた。

「返却は二週間後です」

次の利用者にも、次の利用者にも、惜しみなく彼女は同じ言葉を繰り返した。それはごくありふれた事務的な連絡事項にすぎないのだとよく分かっていながら、小父さんはなぜか、自分だけの大事なお守りを無遠慮な他人にべたべた触られたような気持に陥った。

読みかけのページに、栞代《しおり》わりのポーポーの包装紙を挟んで、彼は本を閉じた。中途半端に余ってブローチになれず、お兄さんの部屋に残されたままになっている包装紙の一枚だった。本当は持ち出し禁止の本に私物を挟むのは良くないと知っていたが、ミチル商会の社史にポーポーの包装紙を挟むのならば、許されるような気がした。それはすっかり乾燥し、色あせ、甘い匂いはとうに消え去っていた。それでもポーポーの小鳥はミチル商会の鳥たちの間に、自然にすっと忍び込んでいった。


「小鳥の小父さんだ」

その時突然、突拍子もなく甲高い声が部屋中に響き渡った。

「小鳥の小父さん、どうしたの。どうしてここにいるの」

母親の手を振り払い、小さな男の子が閲覧コーナーに向って一目散に駆けて来るのが見えた。

「何？　何のご本読んでるの？　僕にも見せて」

幼稚園の園児だろうと察しはついたが、見覚えはなく、名前も分からなかった。にもかかわらず男の子は、普段と違う場所で顔見知りと出会ったことに興奮しているらしく、彼の呼び名を何度でも口にした。

「図書館にも鳥小屋があるの？　そのお掃除に来たの？　ねえ、小鳥の小父さん」

遠慮なく男の子は彼の腕につかまり、無防備にも体を寄せてきた。熱すぎる息が頰にかかった。

「図書館では、小さなお声でお話ししましょうね」

いつの間にか、すぐそばに司書が立っていた。事務服のポケットに片手を入れ、もう片方の手で男の子の頭を撫でながら微笑んでいた。

「はあい」

子供は元気一杯の返事をし、あっさりと小父さんから離れ、母親の元へ戻っていった。さっきの熱い息が、子供のだったのか司書のだったのかよく分からなくなって混乱し、小父さんは慌てて立ち上がった。社史を書棚に返し、司書の方は見ないまま分館を出た。まるで自分が叱られたかのような気分だった。

『ミチル商会　八十年史』を読み終えるまでには長い時間がかかった。日曜日の午前中から昼過ぎにかけ、閲覧コーナーの同じ椅子に座る小父さんの姿は恒例の風景となった。長年、お兄さんの水曜日のポーポーに付き合ってきた彼にとって、毎週同じ行動を取るのは好ましいことであり、また得意な分野でもあった。

ただ、一度だけカウンターに司書の姿がなく、代わりに冴えない初老の男が座っていた時には、ひどく狼狽《ろうばい》した。同じ曜日同じ椅子で同じ本を読むというかけがえのない習慣に、司書が立ち会ってくれなければ何の意味もなかった。

「いつもの人は、どうしたんでしょうか」

小父さんが見知らぬ人に話し掛けるのは滅多にないことだった。

「いつもの？」

面倒そうに顔を上げ、男は聞き返した。

「若い女性です。短い髪の……、事務服を着た……」

彼女について説明しようとしたが、浮かんでくるのはそんな平凡な言葉ばかりだった。

「交替勤務ですからね。いろいろ替わるんです」

大した問題ではないという口振りだった。

もし彼女が二度と戻って来なかったらどうしようと気が気ではなく、その日、読書はほとんどはかどらなかった。男は本の扱いも素っ気なかったし、「返却は二週間後です」とも言わなかった。代わりに、「返却日に遅れないように」と言って皆を脅すのだったた。

翌週、司書の姿を見つけた時には心底ほっとした。一週の空白などなかったかのように彼女は自然だった。再び小父さんはミチル商会の世界に没頭することができた。

三代めの社長が就任してからも、ミチル商会は新しい挑戦を止めなかった。小鳥の遊び道具、例えばブランコや梯子やミラーの販売を手がけ、大学の動物実験用のケージを製造し、新たに病気を防ぐビタミン入りの餌を開発した。一方で野鳥を保護するためのボランティア活動に取り組み、巣箱や餌台を野山に設置したりもした。

そうした本業の記録だけに留まらず、社内クラブの活動、研修旅行の思い出、保養施設の紹介、食堂のメニューの変遷など、エピソードがふんだんに盛り込まれていた。資材部の係長が帰宅途中、引ったくりの犯人を取り押さえて警察から感謝状を送られる。第二工場建設現場から旧石器時代の遺跡が発見される。経理部部長の娘さんがミスインターナショナルの代表に選ばれる。どんな記述も、小鳥の用品を扱うに相応《ふさわ》しい、ささやかだが心温まる喜びにあふれていた。

視線を上げると、丁度司書が本を載せたワゴンを押して書棚の間を歩いているところだった。ワゴンの車輪がリノリウムの床を転がる、キュルキュルという音が響いていた。目指す書棚まで来ると彼女は立ち止まり、本を一冊手に取って分類番号を確かめ、あるべき位置にそれを戻す。本はすぐさま以前そこにあった時の感触を思い出し、周りの本たちに馴染み、安心して隙間に収まる。その繰り返しだった。車輪の音以外、作業は静かに続けられた。一列めから二列め、二列めから三列め、と少しずつワゴンは近づいてきた。

ページに視線を落とす振りをしながら、小父さんはどうしても彼女を盗み見てしまった。紙のにおいが淀んだうす暗がりの中、番号を間違えていないか、本と書棚を真剣に見比べるその横顔から目が離せなかった。閲覧コーナーに他の人の姿はなく、カウンターのあたりもひっそりとしていた。小父さんはポーポーの包装紙に指を這わせた。ページの間に挟まれ、それはすっかり皺《しわ》が伸びきって柔らかくなっていた。いよいよワゴンが小父さんのすぐ隣を通り過ぎた。彼女は小さく会釈をした。小父さんの読書の邪魔をしないため、できるだけ車輪がうるさく鳴らないようワゴンを押す手に力を込めているのが分かった。

分厚い社史の中で小父さんが最も熱心に読んだのは、在職中に亡くなった社員の追悼録だった。それはいよいよ終盤に入った年表の、最後のページに納められていた。その頃にはもう、年表に書かれた出来事すべてに自分が関わったかのような気持になり、初めて動物園に納めたケージの大きさ、脱毛症用の餌の配合比率、歴代社長の在職年数、何でもそらで言うことができるほどだった。そのため社員の死も、他人事《ひとごと》として素通りすることはとてもできなかった。

名前と入社年度、亡くなった日付、そして仕事ぶりと人柄を示す小さなエピソード、たったそれだけの記述だが、会ったこともないその人をひととき胸によみがえらせるには十分だった。四十三、五十九、三十四、四十八……。在職中のため皆若かった。ある人はデザイン部門一筋に歩み、写真を見ずに百種類の鳥を描き分ける才能を持っていた。またある営業部員は、取引のあった大学の研究室で実験用に飼育されていたオウムが死んだ時、形見の羽根を譲り受け、それを生涯定期入れに忍ばせていた。会社の健康診断で病が見つかり、闘病の末に亡くなった人もあれば、無断欠勤を不審に思った上司がアパートを訪ね、急死しているのを発見したケースもあった。開発途中のプロジェクト、三か月後に結婚を控えた婚約者、十七歳、十四歳、九歳の三人の息子。誰もがさまざまな心残りを置いて旅立っていた。

墓碑に刻まれた言葉を目で追うように、小父さんは一行一行時間を掛けて読んでいった。彼らが皆、何かしら小鳥に関わりを持っていたというだけで、その追悼録が自分にとって特別なものに感じられた。天に昇る時、そういう人々だけが殊更《ことさら》に美しい声で鳴く小鳥に導かれてゆくのではないだろうか、と思えた。ならばきっとお兄さんも、彼らの仲間に入れてもらえるはずだった。

小鳥の言葉を理解し、その声にじっと耳を澄ませ、彼らを励まし慰め続ける人生だった。（享年五十二）

追悼録にそんな一行を付け加えるような気持で、小父さんは最後のページにポーポーの包装紙を挟み、社史を閉じた。

「終わりました」

「えっ？」

「読み終わりました」

「ああ、そうですか」

「随分時間がかかりました」

「持ち出し禁止の本ですから、いいんですよ。返却のスタンプを押す必要もありませんし」

「ええ、そうですね」

「はい」

回転させて日付を合わせる、横長のゴム印を手に、カウンターの向こうで司書は笑みを浮かべていた。返却もスタンプも必要ないのに、なぜ自分はカウンターにいるのだろうと、今更ながら自問しつつ、しかし最早引き返すこともできずに小父さんはただ彼女の前に立っていた。

「いかがでしたか?」

「良い本でした。小鳥がたくさん出てきました」

「それはよかった。とても熱心なご様子でしたものね」

「そうでしょうか」

「はい。司書には分かります。その人がどれくらいその本に夢中になっているか」

「そうですか」

「私、本を読んでいる人を眺めるのが好きなんです。自分で本を読む以上に」

「……ならば、司書はあなたに、ぴったりの仕事だ」

答える代わりに彼女は恥ずかしそうに下を向き、手元にあったメモ用紙に、ポンとゴム印を押した。

すっかり日は西に傾き、窓ガラスも遊歩道の緑も夕焼けに染まっていた。ついさっきまで書棚の陰に見え隠れしていた人の姿は消え、いつの間にか司書と小父さん、二人だけになっていた。しばらく二人は黙って、メモ用紙に押された日付を見つめていた。

「本を読んでいる人は、余計な口をきかないし、じっとしているし……」

うつむいたまま彼女は言った。彼女の口から「じっと」という言葉が発せられたのがうれしく、小父さんはつい微笑んでしまいそうになり、しかしそれを悟られまいとして、さっきまで腰掛けていた閲覧コーナーの椅子に視線を動かした。そこにはもう人影はなく、ひっそりとしていた。最後のページにポーポーの包装紙が差し挟まれた『ミチル商会　八十年史』も、小父さんが読んだ名残などどこにも見せず、書棚の一番下の隅に大人しく納まっていた。

「小鳥は本を読みませんが……」

小父さんは言った。

「時にじっと、考えます」

「そうですか？」

「はい。止まり木の上で、つぼ巣の中で、首をかしげて、じっと考えるんです」

本当はお兄さんについて語りたかった。フェンスに跡が残るくらいじっと小鳥を見つめるお兄さんの姿は、本を読む人と変わらず思慮深いのです、と言いたかったが上手く言葉が出てこなかった。

「どうしてそんなに鳥についてよくご存知なんですか？」

彼女の問い掛けはいつでもあまりにも素直だった。

「鳥の本ばかりお読みになるのは、何か理由があるんですか？」

そして、答えるのが難しい問い掛けばかりだった。

「えっ、ええっと……」

「きっと鳥に関わりのあるお仕事をなさっているんでしょうね。だから幼稚園の小鳥のお世話も、お手の物なんです」

「いいえ」

慌てて小父さんは否定した。

「橋を渡って衛生会館の裏をすぐ左折したところに、バラの植わった古い屋敷があるでしょう。あそこの管理人です」

「まあ」

思わずといった感じで彼女が声を上げた。

「私、子供の頃からずっと、一度でいいからあそこに入ってみたいと思い続けているんです。門扉の隙間からほんの少し、バラと、レンガの煙突が見えるだけですもの。きっと中はロマンチックなんでしょうね。『秘密の花園』みたいで」

「よかったらご案内しましょう」

深く考える間もなく、小父さんはそう口に出していた。

「本当ですか？」

「はい。今週でしたら、いつでも大丈夫です」

「まあ、うれしい」

小父さんはようやく彼女の方を真っ直ぐに見た。襟足で跳ねる髪の毛も、透き通った頰も、インクで汚れた指先も、夕日に包まれていた。自分の何が彼女を喜ばせているのか自信は持てなかったが、それでも今、目の前にいる人が笑っているのだけは間違いなかった。

「勝手口の呼び鈴を押して下さい。すぐにお迎えに出ます」

「では、ここが休館の日に伺ってもいいですか？」

と、彼女は尋ねた。

「もちろん」

小父さんはうなずいた。分館の休館日は水曜日だった。


「こんにちは」

約束どおり司書は、ゲストハウスの勝手口に立っていた。事務服とほとんど見分けがつかない地味な薄水色のブラウスに、綿のフレアースカート姿で、素足にサンダルを履いていた。脇にスタンドを立てた自転車が止めてあった。顔にはうっすら汗が浮かび、心なしか息もまだ弾んでいた。

「さあ、どうぞ」

小父さんは彼女を招き入れた。

太陽の光の下に立つ司書は、カウンターの向こう側にいる時より更に生き生きとし、親しみにあふれた様子に見えた。呼び鈴が鳴るまで彼は、もしかしたら彼女はやって来ないかもしれないと思っていた。本当にそうなった時ががっかりしないために、あの約束は単なる社交辞令なのだ、返却は二週間後です、と同じくらい何度も繰り返されてきた台詞なのだ、と自分に言い聞かせていた。しかしその一方で、彼女の示した曜日が水曜だったことにささやかな望みを託してもいた。それが水曜日であるならば、さほど悪いようにはならない予感があった。勝手口に司書の姿を認めた時、一瞬、お兄さんが連れて来てくれたかのような錯覚を感じたのは、すべて水曜日のせいだった。

バラは満開だった。すべての種類のバラが一番美しい姿を見せて咲いていた。小父さんはまずバラ園を歩き、屋敷の外側を一周して建物の全体像を説明してから中を案内した。誰であれ個人的な知り合いをゲストハウスへ連れてきたことは、かつて一度もなかった。そばに彼女がいるというだけで、見慣れているはずのゲストハウスのそこここが、何もかも新鮮に感じられた。小父さんは精一杯彼女をもてなした。

ヨーロッパの王室から送られた珍しいバラの品種について、屋敷が建てられたいきさつと設計者について、建築様式の歴史的意義について、玄関ホールに使われているステンドグラスの由来について、彼は語って聞かせた。普段、招待客がある時は会長や社長が説明をし、小父さんは奥に控えているのだが、長年の勤めであらゆる説明を暗記してしまい、自分でも驚くほどにすらすらと言葉が出てきた。バラの接木《つぎき》について、外壁の花崗岩《かこうがん》の産地について、応接間の壁紙の模様について。次々、いくらでも説明すべき事柄が浮かんできた。彼女は熱心に耳を傾けながら、食堂の天井を見上げてシャンデリアに驚いたり、暖炉の奥を覗き込んだり、手の込んだ細工に感心した様子で階段の手すりを撫でたりしていた。合間には質問を投げかけてきた。そのすべてに小父さんは答えることができた。

午前中から作業をしている庭師や空調設備の点検にやって来た作業員が、見慣れない訪問者に怪訝《けげん》な表情を浮かべていたが、気にせず案内を続けた。いつしか小父さんはただの管理人でもガイドでもなく、自分の住まいを案内する主人であるかのような気分になっていた。

喫煙室からワインセラーまで、シャワールームからキッチンまで、彼はあらゆるドアを開けた。彼女が最も大きな感嘆の声を上げたのは、宿泊者用の寝室の天蓋《てんがい》ベッドを目の前にした時だった。

「やっぱりそうだった。ここは秘密の花園なのよ」

うっとりした表情を浮かべて彼女は言った。天井から垂れ下がるレースに手を伸ばし、バラの花が刺繍《ししゅう》されたクッションにそろそろと触れた。彼女が満足するまで、彼は後ろに控えていた。ベッドのレースとクッションカバーは昨日クリーニングから戻ってきて、彼が付け替えたばかりだった。

彼女のロマンチックな気分を壊さないよう、本来の彼の仕事場である事務室の扉だけは開けなかった。

一通り見学し終わったあと、二人はテラスから庭に出てバラ園の東屋《あずまや》で休憩した。小父さんはキッチンで紅茶を淹《い》れ、先週の接待客に出したチョコレートの残りをテーブルに並べた。パンくずは掃き出し、ベンチは乾拭きして掃除はきちんと済ませてあった。いよいよ空は晴れ渡り、太陽を遮るものは何もなく、一輪一輪すべてのバラに等しく光が降り注いでいた。東屋の下にできた小さな影に並んで身をひそめ、二人はしばらく黙って庭を見やり、チョコレートをつまみ、紅茶を飲んだ。司書は念願の花園を見学できた余韻《よいん》に浸り、小父さんは全部の説明を終え、思いがけず喋りすぎた反動で次に何を喋ったらいいのか分からなくなっていた。甘い匂いに誘われたのか蜂が現われ、二人の間を飛び回ったあと、遠慮がちにチョコレートの皿の縁にとまった。

「これ、とても美味しい」

と司書は言った。

「どうぞご遠慮なく」

彼女に気を遣わせないよう、彼も一つだけ口に運んだ。いつも秘書室から指示を受け、隣町のデパートまで買いに行く外国製の高級品だった。数えきれないくらい何度もその包装を開け、皿に並べてきたが、自分で食べるのは初めてだった。

「これだけ天気が良くて、バラが綺麗に咲きそろう日は、滅多にありません」

「そうですか」

「先週お客さんがいらした時は、右手奥にあるアーチのモッコウバラがまだ五分咲きで、そのうえひどい雨でした」

「私、運が良かったんですね」

「でも、バラに全く興味を示さないお客さんもいます」

「何てもったいない」

「いくら鳥が鳴いていても、気づかない人がいるのと同じです」

モッコウバラは枝も見えないほどの勢いで盛り上がるようにして咲き、濃い黄色の塊を連ねて空にアーチを形作っていた。地面にはまだ一枚の花弁も落ちておらず、順番を待つ蕾が葉の間から無数にのぞいていた。庭師と作業員は仕事を終えたらしく、姿はもう見えなかった。

「あっ、メジロです」

塀に沿って茂る樹木の間から、数羽小鳥が飛び立ち、長く続くチュルチュルというさえずりが聞こえてくるのと同時に、小父さんはつぶやいた。

「すぐお分かりになるんですね」

さえずりが終わるのを待ってから、彼女は言った。

「鳥に関わりのあることはすべて、兄が教えてくれました」

「お兄さまが？」

「はい。でももう死にました」

その時、ツィ、ツィと短く甲高い声が聞こえたかと思うと、さっきよりも更に長く抑揚のついたさえずりが響き渡り、小枝がざわざわと揺れた。空に雫《しずく》を撒《ま》き散らし、それが光を受け、一粒一粒きらめいているかのようなさえずりだった。

「メジロの鳴き声を聞き分けるのはそう難しくありません。声質がとても可憐《かれん》です」

「ええ」

「それに、人懐っこい小鳥です」

そう言うと小父さんは両手を口元に当て、木立に向って背伸びをし、「チィーチュルチィーチュルチィルチィルチィー」と鳴き真似をした。ほどなくそれと競うようにして本物の鳴き声がかぶさって聞こえてきた。

「まあ、すごい。メジロがだまされてます。その鳴き真似もお兄様に教わったんですか？」

「ええ。でも兄はもっと上手でした。真似をしているという以上なんです。上手く説明できませんが……。兄は真似なんかしなくても……」

そこまで言って小父さんは、小鳥の言葉が喋れたんです、という一文を飲み込み、一つ息を吐き出してから続けた。

「小鳥の声を聞き取るのに相応しい形の、耳を持っていたんです」

「メジロの鳴き声みたいに、美しい耳だったに違いありませんね、きっと」

司書は一人うなずき、残った紅茶を飲み干してから、テーブルに両手を載せて指を絡ませた。十本の指も、サンダルからのぞく足も、白くすべすべとしていた。何の飾りもない、ポケット一つないブラウスの、その左胸に小鳥ブローチを留めたらどんなふうになるのだろう、と小父さんは思った。それはきっと似合うに違いなかった。青空薬局の天井で揺れているよりもずっと自然に、心安らかに、彼女の左胸で翼を広げるはずだった。

「もう一度鳴いてくれないかしら」

彼女は言った。

「また鳴き真似で誘い出して下さい」

「いいえ、自然に鳴くのを待ちましょう。メジロはだまされているんじゃありません。抗議しているんです。気持の悪い声で、せっかくの青空を汚すんじゃない、とね」

「本当に?」

「はい」

それから二人は黙って耳を澄ませた。幼稚園の鳥小屋で、自宅の庭で、お兄さんと一緒によくそうしていた頃のことが、久しぶりによみがえってきた。しかし隣にいるのは、お兄さんではなく司書だった。あの頃はいつでも小鳥の声を待ち望んでいたのに、その時小父さんはいつまでもメジロが歌わないでいてくれることを願っていた。その方がより長く彼女と二人でいられると思ったからだった。小鳥ではなく彼女に向って、小父さんは耳を澄ませていた。

彼の願いをかなえるためなのか、木立のざわめきは静まり、メジロが再びさえずる気配は遠のいて、ただ蜂の羽音がジリジリ聞こえるばかりだった。彼女に悪さをしないよう、小父さんは手をのばし、優しく蜂を払った。

8

司書と出会って以来、小父《おじ》さんは以前にも増して熱心に鳥小屋の掃除に励んだ。小鳥のそばにいるだけで、分館で借りた本を読んでいる時と同じく、より親密に彼女の姿を思い浮かべることができた。デッキブラシで床を磨きながら、破れかけた金網を修繕しながら、うっすら汗のにじんだ額や、髪の間からのぞく耳たぶの白さや、チョコレートをつまむ指の形を繰り返しよみがえらせた。十姉妹《じゅうしまつ》たちはそんな彼の頭上でいつものとおり、忙《せわ》しなく羽ばたき、歌を披露し合っていた。

不思議にも子供たちのことは以前ほど気にならなくなっていた。元気のよすぎる子供が、自分も手伝うと言って小屋の中へ走り込んできても、小鳥の小父さん小鳥の小父さんとしつこく呼び掛けられても、もう動揺しなかった。それどころかその呼び名を耳にできるのがうれしかった。自分が小鳥の小父さんでいる限り、司書との間に交わされる密かな信号は途絶えることがないと確信できるからだった。

「今日も暑くなりそうね」

折に触れ、園長先生は話し掛けてきた。

「はい。来週あたりからプールですか？」

自ら鳥以外の話題を持ち出していることに、彼は自分で驚いていた。

「そうなの。プールの掃除が大変。水蘚《みずごけ》がこびりついてしまって」

「いつでもお手伝いしますよ」

「ありがとうございます。でも、鳥小屋だけで十分助かっているんです。プール掃除は実習に来ている若い学生さんに、やってもらうことになっていますから」

「そうですか。何かあれば、遠慮なく声を掛けて下さい」

「ええ、そうさせていただきましょう。まあ、あなたたちはいつでも綺麗なプールで泳げて幸せね」

園長先生に自慢するように、十姉妹たちは水入れの中で羽をバサバサさせ、思う存分水を撒《ま》き散らしていた。

司書と出会ってもう一つ現われた変化は、仕事中、ゲストハウスのチョコレートを一個だけこっそり口に運ぶようになったことだった。小父さんはかつて仕事場の備品を勝手に持ち出すような、だらしない真似をしたことは一度もなかった。たとえクリップ一個であっても厳密に扱った。しかし司書と過ごした午後のあと、その箱が目に入るたび、素通りできない気分になった。それが食べたくてたまらない、というわけではなかった。チョコレートなど青空薬局にいくらでも売っていた。なのに小父さんに必要なのは、ゲスト用にストックされた、食糧戸棚の上から三段めに仕舞われている、食べてはならないはずのチョコレートだった。

規模の大きな夜の接待が無事終わり、ゲストも会社の関係者も皆引き上げ、あとは戸締りをして帰るだけとなった真夜中、キッチンの丸椅子に腰掛けた小父さんの目に、ふとチョコレートの箱が映る。白地に金箔で家紋のような模様と、読み取るのさえ難しい崩し文字のアルファベットが描かれた、平たい木箱だ。小父さんは立ち上がり、戸棚の引き戸を開けてそれを取り出し、胸に抱くようにして蓋を開ける。小さく分けられた仕切りの一つ一つに、チョコレートが一個ずつ納まっている。楕円形、長方形、ナッツ入り、リキュール風味、キャラメル色、ホワイト、漆黒、さまざまな種類が皆お行儀よく、自分に与えられた仕切りを守っている。客たちは酒を飲むのに夢中でチョコレートには手をつけなかったらしく、中身はほとんど減っていない。

小父さんはその中の一つに手をのばす。あの日司書が食べた、さいころ形の、ミルクとブラックが二層になった一粒だ。それははっとするほどにひんやりしている。指先が微《かす》かに震え、底に敷かれた真っ白い紙がカサコソと鳴る。それ以外には何の物音も聞こえない。外は闇に塗り込められ、調理台を照らす白熱球が一つ小父さんの手元を照らしているだけだ。

彼女は遠慮せず、素直にそれを食べた。どれにしようか迷って、一番小さなのを選んで、分館にいる時とは少し違う、もっとリラックスした口調で「いただきます」と言った。親指と人差し指はチョコレートよりもずっとすべすべとし、可愛らしい丸みを帯び、半透明の爪は生まれたばかりの小鳥の嘴《くちばし》のように濁りがなかった。

半ば目を閉じ、小父さんはチョコレートを口に押し込める。それはたやすく溶けてゆく。舌が生温かく、べっとりとしてくる。小父さんはまるで彼女の指を食べてしまったかのような気持になり、慌てて箱の蓋を閉じる。チョコレートはいつまでも、カサコソ音を立てている。

会社から服務規律違反による始末書の提出を求められたのは、あれほど見事に咲き誇っていた黄色いモッコウバラがすべて枯れ落ち、一片の花びらさえ残さずにどこかへ姿を消してしまった頃のことだった。

……許可なく職務以外の目的で会社の設備、器具を使用し、その他物品を私用で消費して会社に損害を与えた……

総務部の課長から示された書類には、そんな文章が印刷されていた。ゲストハウスに司書を招いたことがどういうルートで会社に知れたのか、その他物品とはチョコレートのことなのか、それを食べるところを誰が盗み見していたのか、小父さんには確かめる術《すべ》もなかった。ただ黙って言われるままに始末書を書くだけだった。

相変わらず〝小鳥読書〟は続いていた。少しずつ目指すべき本を探すのは難しくなっめてはいたが、それでも根気強く書棚の間を歩いていれば、必ず何かしら心を引き止める本に出合えた。その一冊が両隣の本より数ミリ前に出ていたり、あるいは逆に奥へ押し込められていたりすると、ただそれだけで小父さんは、司書からのサインかもしれないという思いにとらわれた。小鳥の小父さんには次、ぜひともこの本を選んでもらいたい、と願う彼女からの信号が数ミリのずれに隠されているようで、しばらくそこを動けなくなった。

「これ、お願いします」

カウンターの前では不自然に馴れ馴れしくしないよう、小父さんは気をつけた。もちろん、サインについても一切口に出さなかった。

「はい。少しお待ち下さい」

司書の様子は最初の頃から少しも変わりなく、落ち着きがあって、寛容だった。余計な言葉など交わさなくても、分類番号を記入するノートのめくり方や、本の表紙を撫でる手つきや、「返却は二週間後です」と告げる唇の動きで、十分彼女のサインを読み取ることができた。ああ、やっぱりこれを借りてくれるんですね。ここに鳥が隠れているのに、私も気がついていましたよ。この子は幸せですね。だって他の誰でもない、小鳥の小父さんに見つけてもらえたんですから……。そうささやく彼女の声が、小鳥のさえずりになって聞こえてくるのだった。

「またいつでも、ゲストハウスに遊びにいらして下さい」

あたりに利用者がいない時を見計らい、小父さんは司書に言った。

「ありがとうございます。でも、一回で十分なんです」

と彼女は言った。

「お仕事のお邪魔になってもいけませんし」

何かの拍子に始末書のことを知って遠慮しているのだろうか、と小父さんは心配になった。

「そんな気遣いには及びません。いつでも好きな時に呼び鈴を押してくれていいんです。チョコレートを用意して待っています」

「ああ、あれは素晴らしいチョコレートでした」

その味を思い出すように彼女は口元に笑みを浮かべた。染み込んだ甘さがいまだに残っているのだろうかと思うほど、唇は艶々《つやつや》としていた。

「一粒だから、今でも夢のように美味しいと思えるんです。ですからあの日一回で、私は満足です」

あまりに幾度もあの日の一場面一場面をよみがえらせているために、小父さんにとってもそれは、頭の中に映し出される夢と同じ出来事になっていた。司書と小父さん、他に誰一人邪魔の入らない、たった二人だけで見た夢だった。

「はい、どうぞ」

手続きの終わった本を司書は差し出した。

「返却は二週間後です」

二人の間でもうすっかり了解し合っているはずの言葉を、司書はやはり同じ口調で繰り返した。小父さんが最も愛するその言葉を、彼女は決して省略しなかった。もちろん彼一人のためではなく、万人のために用意された一言であるのはよく承知していたが、それでも彼が望めば望むだけ、彼女が何度でも口にしてくれることは、間違えようのない事実だった。


夏の盛りのある日、早めにゲストハウスを出た小父さんは分館に寄り、閉館時間を待って司書に声を掛けた。

「もし方向が同じなら、一緒に帰りませんか」

司書はうつむき、しばらく考えてから答えた。

「後片付けにもう少し時間がかかりますけれど、よろしいでしょうか」

「はい、どうぞごゆっくり」

そう言って小父さんは、以前『ミチル商会　八十年史』を読んだ閲覧コーナーの椅子に腰掛け、すべてが済むのを待った。

普段の仕事ぶりからすれば当然予想できたことだが、後片付けをする彼女の姿もまたきびきびとして気持がいいものだった。やり慣れた手順ながら雑な様子はなく、窓にブラインドを下ろしたり、書庫の扉に鍵を掛けたりする作業一つ一つに、抜かりがないようきちんと心を配っているのが見て取れた。カウンターの上はメモ用紙一枚残っていないように片付けられ、本が山積みになっていた返却ボックスはいつの間にか空になっていた。最後に彼女はゴム印の日付を明日のために一日分進め、引き出しに仕舞った。

「お待たせしました」

スイッチが切られると、瞬く間にすべての本たちは暗闇の中に飲み込まれていった。彼女は扉のノブに掛かった札を〝閉館中〟にひっくり返した。

夕暮れが迫り、木陰の中をわずかな風が吹き抜けて、昼間の暑さがようやく和らぎだした遊歩道を、二人は自転車を押しながら並んで歩いた。木々の間に見え隠れする疎水は音もなく流れ、大通りの賑わいは遠く、蟬《せみ》も鳴きやんで、あたりにはただ車輪の回転する音が漂うばかりだった。

彼らはほとんど何も喋らなかった。時折、すれ違う人があれば一列になって脇によけ、散歩中の犬が近寄ってきて吠えれば立ち止まり、犬の気が済むのを待ってから再び歩き出した。カウンターも本も、バラ園もチョコレートもない場所で、一体彼女にどう話し掛ければいいのか、小父さんはよく分からなかった。分からないままに何度もハンドルを握り替え、少しずつ濃くなってゆく足元の影を目でなぞり、それから彼女の横顔をそっとうかがった。薄い闇に半ば包まれながらも、その横顔は両手で包めそうなほどすぐ近くにあった。油断していると、知らず知らず、白い頰に本当に手をのばしてしまいそうになり、小父さんはいっそう強くハンドルを握り締めた。ついさっきまで梢を染めていた夕焼けがいつしか色を失くし、その代わりに金星が瞬いていた。とうに小鳥たちはねぐらに帰ったあとだった。

遊歩道を抜け、大通りに出ると途端に街灯と車のヘッドライトがあふれ出し、夕暮れの名残はすっかり姿を消していた。人通りが増え、賑やかになってますます二人は会話の機会を失ってしまった。四つ角が来るたび小父さんは、いつ彼女が自分とは反対の方へ曲がってゆくかとひやひやした。それでも彼らはあらかじめ相談したかのように、同じ歩調と同じ方向を保っていた。二人の車輪の音は、どちらがどちらとも言えないくらい一つに重なり合い、離れ離れになることはなかった。

彼らはいくつか信号を渡り、商店街を通り抜け、裏道に入り、土手沿いの道に出て橋を渡った。素っ気なく古い橋だった。手すりの塗料は剝げ落ち、歩道の敷石は所々欠けて、大型トラックが通るたびに微かに揺れた。

「疲れませんか」

一度だけ小父さんは声を掛けた。

「平気です」

橋の向こうを見つめたまま、彼女は答えた。黒々とした川面に半月が映っていた。さざ波の下に沈んだかと思うとすぐに浮き上がり、やがてばらばらの光の破片になり、また流れの中で元の半月に戻った。

橋を渡り終えると道は、土手沿いに河口へ向うのと、住宅街へ入ってゆくのと、二手に分かれていた。自然と二人はそこで立ち止まった。

「すぐそこが、幼稚園の鳥小屋です」

あいまいに宙を指して小父さんは言った。

「今朝、掃除をしてきたばかりです」

うなずきもせず、口も開かず、彼女は小父さんが指差す先に目をやった。

「十姉妹がたくさんいます。たぶんもう皆、巣に入って眠る支度をしているところでしょう」

小父さんは続けた。

「夜の小鳥たちは一段と賢いのです。一緒に見に行きませんか」

お兄さんの特等席だった場所、フェンスの窪みを彼女に譲ってあげよう。そこからならつぼ巣の中もよく見える。なぜ夜、彼らが賢さを発揮するのか、お兄さんが言っていたとおりに教えてあげるのだ。金網も床も水入れも磨き上げたばかりでピカピカしている。餌はたっぷり補給されている。どこから見られても恥ずかしくない立派な鳥小屋だ。

小父さんがあれこれ考えを巡らせている間、彼女はじっと黙ったままだった。

「せっかくですが……」

ようやく彼女が口を開いた時、その横顔はもう闇の中で輪郭がぼやけていた。

「寄り道しないで帰ります。遅くならないようにと、父に、言い付けられているものですから……」

「そうですか……」

小父さんは一つ息を飲み込み、目を伏せた。

「すみません」

「いいえ、いいんです」

「じゃあ……さようなら」

そう言って彼女は自転車にまたがり、勢いよくペダルを踏んで、去って行った。瞬く間にその背中と車輪の音は遠ざかり、暗がりの中に吸い込まれてしまった。視界の片隅でスカートの裾がただ翻《ひるがえ》るばかりで、彼女がそこにいた証拠は何一つ残されていなかった。

とても小さな声のさようならだった。「返却は二週間後です」に比べると、ずっと弱々しく、心もとなく、ほとんど風の音と区別ができないくらいだった。

「ポーポー語でさようならは、どんなふうだったろう」

小父さんはつぶやいた。もちろんすぐによみがえらせることができた。その一言を、誰に向ってというのでもなく、ただ自分一人のためだけにささやいた。

その日小父さんが借りたのは、ある画家の伝記だった。専門的な勉強を受けないまま、生涯を新聞社の平凡な印刷工として過ごしながら、密かに独自の油絵を描き、死後、膨大な数の作品が発見されるまで誰にも認められることがなかった。何気なくページをめくっているうち小父さんは、そんな彼の初期の作品に伝書鳩のシリーズがあるのを偶然見つけた。勤め先の新聞社の屋上で飼われていた伝書鳩をモチーフにしたものだった。タイトルを確かめるためもう一度表紙に目をやった時、小父さんは分類番号のラベルに何かが貼り付いているのに気づいた。持ち出し禁止の印でもない、もっと小さな星形のシールが分類番号の右肩に貼られていた。司書と一緒に帰ったあの夜、川面《かわも》に映っていた半月のように、キラキラと光って見えた。彼女からの新しい信号に違いないと彼は思い、すぐさまそれを持ってカウンターへ急いだ。

「一冊ですか?」

しかしそこに座っていたのは彼女ではなく、いつか一度だけ姿を見たことのある初老の男だった。

「あの……彼女は……」

本を手にしたまま小父さんが口ごもっていると、男はせかせかした口調で言った。

「借りるんでしょう?」

「ええ、まあ。それより、あの、今日は本館でしょうか。いつもの彼女は……」

「辞めました」

何のためらいもなく男は言った。

「先月末で。元々臨時職員だったのでね」

男の言葉の意味を正しく理解するために、しばらく時間が必要だった。小父さんはうつむき、両手の中にある本の、見慣れない画家の名前を一字一字目でなぞり、分類ラベルの星形シールに指を這わせた。

「どこへ行ったんでしょうか」

そんなことを尋ねても無意味だとよく分かっていながら、気づいた時にはもうその問いが口からこぼれ落ちていた。

「さあねえ。結婚するらしいって、聞きましたけど、よくは知りません。その本、借りないんですか?」

ほとんど無意識に小父さんは画家の伝記をカウンターに置いた。

「あれ。また子供が悪戯《いたずら》している」

そう独り言をつぶやくと、男は分類ラベルの星形シールをはがし、指先で丸めてカウンターの下のゴミ箱に捨てた。

「よくやるんです。子供がね、悪戯を。ペタペタシールを貼ったり、キャンディーの紙を挟んだり。はい、これ。返却日に遅れないように」

小父さんは本を受け取り、カウンターの前を離れた。そして伝書鳩を描いた画家の伝記を書棚に戻し、手ぶらで分館を出た。

それから二度と司書に会うことはなかった。水曜日の昼下がり、ゲストハウスの呼び鈴が鳴るたび小父さんははっとして、もしかすると、という思いから逃れられなくなった。しかし勝手口に立っているのは、納品に来た酒屋か、書留を手にした郵便配達人か、新聞の勧誘だった。

分館のカウンターにはあの初老の男がしばらく座ったあと、学生ふうの青年に交代し、すぐにまた痩せて陰気な目つきの中年女性に代わった。司書が誰になろうと、小父さんがどんな本を借りるか気に掛けるような者は一人もいなかった。借りる手続きだけをして書棚に戻してしまった伝記は、その後どういう扱いになったのか、とがめられることもなくいつまでも同じ場所にあった。分類ラベルの片隅には、星形のシールがはがされた跡がそのままに残っていた。やがて小父さんは分館で本を借りるのをやめてしまった。

一度だけ小父さんは仕事からの帰り道、橋のたもとの分かれ道で自転車を止め、自分が行くべき道とは反対の方へ向ってみた。愚かだ、そんなことをして何になる、やめておけ、ばかばかしい、と自分で自分を叱りながら自転車のペダルを漕いだ。それは川と共に続いてゆく、どこまでも真っ直ぐな道だった。左手に川の流れがあり、右手に土手があった。走れば走るだけ流れは緩やかになり、海の香りが漂いはじめ、夜は深まっていった。一欠けらの星も月もない夜だった。やがて埋立地の工場の明かりが近づき、堤防に突き当たって、そこが行き止まりになっていた。彼女の姿はどこにもなかった。

昼休み、東屋《あずまや》のベンチでパンを食べながら、小父さんはしばしば渡り鳥のことを考えた。敵に襲われて怪我をしたか、餌を採れずに衰弱したか、あるいは何か予想もしない出来事のためにルートを外れたかして、目的地までたどり着けなかった渡り鳥のことだ。水草の茂る沼地で彼女はうずくまっている。羽は傷ついてはらはらと抜け落ち、羽ばたくどころか立ち上がる力さえなく、草陰に身を潜めている以外他にどうしようもない。仲間たちは既に飛び去り、あたりには姿の見えない生き物の気配だけが、ふっと現われたり消えたりしている。そこがどこなのか、帰るべき場所からどれほど離れているのか、最早彼女には分からない。

空に瞬く星はあまりにも遠い。途切れた暗号が、どこに結び付くこともできないまま点々と取り残され、一面に散らばっている。彼女は空を見上げ、一点一点を目でつないでゆく。どんなに衰弱していようとも、その表情には、お兄さんが愛した夜の鳥の賢さがあふれ出ている。彼女はつながれた点の先にある、懐かしい遠い場所に思いを巡らせる。そこに生い茂る木々の形や風の向きや土の匂いをよみがえらせる。

やがて最期の時が訪れる。どことも知れない場所で、誰にも看取られず、彼女は目を閉じる。どんなに待ってももう彼女は戻ってこない。


秋の風が冷たくなってきた頃、幼稚園の鳥小屋で十姉妹が一羽死んだ。

「朝は何の変わりもなかったんですよ」

小鳥が死んだ時、園長先生が口にするのはいつも同じこの言葉だった。

「弱みは見せないんです」

小父さんの答えも、毎回変わりなかった。

「急に寒くなってきましたものねえ」

「はい」

「寿命でしょうか」

「はい、たぶん」

二人の会話はまた小鳥に関わりのあることだけの、ぎこちないものに逆戻りしていた。

「じゃあ、あとをよろしく頼みますね」

「はい」

小鳥の死骸は銀杏《いちょう》の木の根元にある〝ことりのおはか〟に埋める慣わしになっていた。落ち葉に覆われた日の当たらない片隅に、そこだけ土の色が違う一角があり、園児たちがベニヤ板にペンキで書いた墓標が立ててある。自然に死んだ文鳥も、野良猫に食いちぎられたセキセイインコも、何十羽という小鳥を小父さんはそこに埋めてきた。園児たちが書いた墓標は〝と〟が前かがみになり、〝お〟の点からペンキが滴《したた》り、最後スペースがなくなって、〝か〟は遠慮深くすぼんでいる。毎年冬の初めになると、死骸が掘り起こされたのかと思うようなにおいを放ちながら、銀杏の実が降る。

その日小父さんは十姉妹を墓には埋めず、園長先生に見つからないようこっそりハンカチに包み、上着のポケットに入れて幼稚園を出た。どんな種類でも小鳥は死ぬといっそう小さくなった。羽を広げると思いがけず大きく見えるのとは反対に、二度と飛べなくなった小鳥は、ただ飛べないというだけで体を形作っている大方の組織を失ったように、みすぼらしく縮こまってしまった。

十姉妹もそうだった。既に胴体は硬直し、瞳はどんよりと濁り、両脚は折れ曲がって空しく宙をつかむばかりだった。つい数時間前まで自在に空を羽ばたいていた名残は、どこにも見えなかった。

自転車で走っている間中、小父さんはポケットの中に潜む、小さくて冷たい塊を感じていた。それは上から押さえれば呆気なく潰《つぶ》れてしまうくらい危うげでありながら、同時に、どうやっても消し去れない感触をはらんでいた。小父さんは橋の途中で自転車を止め、手すりにもたれて立ち、十姉妹を取り出した。ハンカチを広げると、それはさっきと変わらぬ姿でそこにあった。あの日と同じ半月が川面に浮かび、揺らめいていた。小父さんは十姉妹を右手に持ち、手すりから乗り出し、川に向って放り投げた。わずかな水音も、さざ波も残さず、どこに落下したのかも分からないままに死骸は闇に飲み込まれていった。何事もなく半月は揺らめき続けていた。

9

お兄さんが死んで十五年近くが過ぎた。その間小父《おじ》さんはゲストハウスの管理人としての仕事を続け、幼稚園の鳥小屋を世話し、あとは自転車であてどもなく町を走ったり、鳥の本を読んだり(分館ではなく本館で借りた本に限られていた)、ラジオに耳を傾けたりしながら日々を送った。

すべてが相変わらずのようで、しかし少しずついろいろなことが移ろっていた。幼稚園の鳥小屋では十姉妹《じゅうしまつ》の時代が去り、一時期、卒園生から持ち込まれた大型のルリコンゴウインコや、近所の農家から譲り受けた烏骨鶏《うこっけい》の番《つがい》が加わったりしつつ、やがて無難な文鳥に落ち着いていった。けれど一番の変化は園長先生が引退して名誉園長になり、滅多に姿を見せなくなったことだった。新しい園長は前から顔見知りの先生ではあったが、鳥が苦手らしく、ほとんど鳥小屋には寄ってこなかった。時折顔を合わせても、舞い上がった羽毛で喘息《ぜんそく》の発作を起こした子供がいる、においが気になると近所から苦情が出た、などと言われることが多かった。小父さんは黙って頭を下げ、いっそう掃除に励んだ。彼はただ、小鳥の世話さえさせてもらえれば、それで十分だった。

ごくたまにやって来る名誉園長は、小父さんを見つけると必ず近寄ってきた。

「あら、新しいブランコね」

「はい。前のが壊れたので」

「文鳥はふっくら丸くて丈夫そうねえ」

「はい」

「目の縁の赤い輪っかが可愛いじゃない」

「はい」

そして、何度繰り返してきたか分からない、小鳥についての取り留めのない会話を交わすのだった。

園長先生が名誉園長に退く時に合わせ、卒園式に出席してもらえないかと言われたことがあった。長年の労に対して園児たちから感謝の言葉を贈りたい、というのだった。思いがけない展開に小父さんは困惑し、すぐさまその場で辞退を申し出た。子供たちのことなどこれっぽっちも頭にはない、自分にとって大事なのは小鳥だけなのだ、と思わず口走ってしまいそうになり、それを誤魔化すようにうつむいて、「卒園式の日は、ちょっと仕事の都合が……」と言い訳した。

「あら、まあ。それは残念」

心から残念そうに、園長先生は言った。

後日、園児たちからの感謝状と、記念メダルが送られてきた。

『ことりのおじさん、ことりたちのために、いつもこやをおそうじしてくれて、ありがとう』

感謝状にはクレヨンでそう書いてあった。記念メダルは厚紙に金の色紙を貼ったお手製で、表には小父さんの似顔絵、裏には小鳥の絵が描かれていた。とても可愛らしい小鳥だったが、青空薬局の天井にぶら下げられていた時のブローチのように、不恰好に傾いていた。こんなものをもらう資格など自分にはないとよく承知していながら、小父さんはその二つを、小鳥ブローチの隣に飾った。

　青空薬局は店主が歳を取り、すっかり老女になった以外、変わりはなかった。ひんやりとするコンクリートの床、カウンターに残るポーポーの広口ガラス瓶の跡、口臭予防ガム、くたびれた白衣、何もかもが同じだった。

　小父さんは青空薬局で鎮痛剤と消炎作用のある湿布を買うことが多くなった。五十代の半ばを過ぎるあたりから、年々頭痛がひどくなり、痛み止めがなくては仕事にも行けない日が、一か月に数日はあった。薬の飲みすぎで胃が悪くなると、それがどれくらい効果的か分からなかったが、湿布をハサミで小さく切り、こめかみに貼って痛みを誤魔化した。店主と同じく小父さんも歳を取っていた。痩せて目が窪み、猫背になり、声がしわがれた。額は禿《は》げ上がり、老人斑が目立ち、残った髪は文鳥の羽毛ほどの勢いもなかった。気がついた時には、死んだお兄さんの歳をすっかり追い越してしまっていた。

　定年がもうすぐそこという頃になり、会社の方針でゲストハウスのありようが変化したのは、小父さんにとって痛手だった。接待用の施設としての形は残しながら、入場料を取って一般の人にも開放したのだ。基本的な仕事の内容にさほどの変化はなかったが、それでもアルバイトの女性が二人常駐するようになり、たえず見学者が訪れ、以前の静けさはすっかり失われた。特にバラの盛りの頃には入口に列ができるほどだった。

小父さんはもう東屋《あずまや》のベンチでお昼を過ごすことはできなくなった。地下の事務室の机で、アルバイトに背を向けながら、一人パンを齧《かじ》った。小窓からは見学者たちの足が見え隠れするばかりで、空も鳥も見えなかった。床に落ちたパンくずは靴の裏で部屋の片隅へ押しやった。

公開に合わせ、ゲストハウスのそこかしこに手が加えられた。ロビーには入場券を売るための長机が置かれ、司書が好きだった天蓋《てんがい》ベッドの周囲には柵が設けられた。ソファーには〝腰掛けないで下さい〟、廊下には〝順路〟、ステンドガラスには〝触れないで下さい〟の札がぶら下げられ、新しくトイレと下足箱が作られた。いつでも、ざわめきがあたりを支配していた。

そのざわめきを聞いていると、長い年月をかけて自分が築いてきたゲストハウスの秩序が、見知らぬ人々に踏み荒らされてゆくような、苛立《いらだ》たしい気分に陥った。小父さんはできるだけ表の仕事をアルバイトに任せ、自分は地下で過ごすようにした。時折、アルバイトの一人がコーヒーとおやつを運んできてくれても、机に向ったまま、聞き取れないくらい小さな声で「ありがとう」とつぶやくだけだった。

「今日はチョコレートですよ」

アルバイトの二人は近所のスーパーで安いおやつを調達しているらしかった。

「すまないが、私は、チョコレートを食べないんだ」

と小父さんは言った。

庭の離れはいよいよ不可思議な塊となっていた。落ち葉と蔓《つる》と羊歯《しだ》と苔に覆われ、いびつな輪郭を晒《さら》し、これ以上崩れることも、もちろん元に戻ることもできずに途方に暮れているようだった。お兄さんが備え付けた餌台に欠かさず食べ物を補給しているからか、何か別に理由があるのか、元離れには絶えず野鳥たちが集まってきた。例えばスズメやシジュウカラが群れでやってきて、忙《せわ》しなく飛び跳ね、餌をまき散らしてゆくこともあれば、近所の公園から紛れてきたらしい番のキジバトが、塊の正体を解き明かそうとするかのように、長い時間そこかしこを突《つつ》いていることもあった。彼らの足元では、どこからともなく飛ばされてきた種が名もない小さな花を咲かせていた。

餌台の掃除をしようとしてそこによじ登る時、偶然、崩れた足元から離れだった頃の名残がのぞいて見えると、小父さんは慌てて落ち葉や土でそれを覆い隠した。本か書類かノートの切れ端なのだろうが、もうすっかり朽ち果て、元の姿は想像もできないものになっていた。それでも小父さんは、父親のせっかくの長い眠りを自分の不注意で中断させてしまったのではないか、という不安に陥った。鳥のさえずりに包まれ、ようやくお兄さんの言葉に耳を澄ませられるようになった父親の眠りを妨げないよう、小父さんはそっと餌台に牛脂とヒマワリの種を載せた。

九月の終わり、よく晴れた日曜日の午後、デパートでワイシャツを買い物した帰りに小父さんは、河川敷の公園のベンチで一休みしていた。柔らかそうな草に覆われた土手では、家族やカップルが思い思いの格好で寝転び、子供たちは川沿いの小道を自転車で走り回り、向こう岸からはバドミントンに興じる若者たちの歓声が聞こえてきた。先週降った雨のせいで川の水は濁り、流れは勢いを増して、橋脚のところでは渦ができていた。あの時の十姉妹は川底に沈んだまま骨になっただろうか。それとも海へ流されて魚に食い尽くされただろうか。昔、死骸を投げ捨てたあたりを見つめながら、ふと小父さんがそう思った時、見知らぬ老人が近寄ってきた。

小父さんよりも更に歳を取っていた。背は高いが腰は曲がり、杖代わりの蝙蝠傘《こうもり》を持ち、顔中に刻まれた皺《しわ》のせいでひどく気難しそうに見えた。特に額に四筋、曲線を描きながら等間隔で刻まれた皺は、彫刻のように作り物めいて痛々しいほどだった。だぶだぶとした黒いスーツに、歳相応の地味なネクタイを締め、埃を被った革靴を履いていた。真っ白い髪は好き勝手にもつれ、肩にはふけが落ちていた。

老人は会釈もせず、ちらりとも視線を向けず、あらかじめ決まっている自分の場所なのだから当然といった様子で、他にいくらでも空いたベンチがあるにもかかわらず、小父さんの隣に腰掛けた。丁度小父さんはそろそろ帰ろうと思っていたところだったが、すぐに立ち上がると老人に失礼な気がして、しばらくそのまま座っていた。

二人ともただ川の方を眺めるばかりだった。老人は足の間に突き立てた傘の柄に両手を載せ、小父さんは手持ち無沙汰に腕を組んでいた。それでも小父さんはちらちらと横目で隣を観察した。額の皺以上に驚かされたのは、あり得ないほどに大きな耳だった。歯が抜けてみすぼらしくなった顎と、力なく湾曲した背中の間で、耳だけは立派な輪郭を保っていた。大きすぎても決して不恰好ではなく、形は端正で、上品でさえあった。内側に生えた産毛が光の中で透け、耳たぶはほんのり薄桃色に上気していた。

「君」

最初に声を掛けてきたのは老人の方だった。

「ここに、何かくっついているよ」

老人はむくんだ指先を小父さんの方に向けてきた。思いがけず力強く、勢いのある声だった。

「あっ、これは……」

こめかみに手をやって小父さんは答えた。

「湿布です。頭痛を取るための」

「そうかね」

老人は改めてしげしげとこめかみのあたりに目をやった。

「似合っているな」

黒目は濁り、涙袋が膨れ、目尻には目やにが溜まっていた。

「そうでしょうか」

「うん。ちょっと気の利いた、装身具のようじゃないか」

彼が喋るたび、額の皺がそれ自体別の生き物であるかのようにうごめいた。老人は再び傘の柄に手を戻した。

「湿布が似合う人間は、そうざらにはいない」

「はい」

どう答えていいか分からず、小父さんは今朝貼ったばかりでまだ薄荷のにおいが残る湿布に、人差し指を這わせた。

「自分でもそう思うだろう?」

「さあ」

「私ではとても、君のようにはいかん」

老人は首を横に振り、咳払いを一つしてから遠くに視線を送った。風が吹き、もつれた髪が乱れて耳がいっそうあらわになった。またしばらく沈黙の時が流れた。相変わらず若者たちははしゃぎ、子供らはペダルを踏み続けていた。水草も、橋げたにぶつかって散る飛沫《しぶき》も、自転車の籠に入ったワイシャツの包みも皆、光に包まれていた。

やがて老人は傘を脇に置き、背広の内ポケットをしばらく探ってから、何か小さな箱を取り出した。煙草のようにも見えたが、すぐにそうではないことがはっきりした。彼がそれを耳に当てたからだった。

小父さんは老人から目が離せなくなった。箱が何なのか、彼が何をしているのかというのももちろん疑問だったが、それよりもまず、そこに耳が関わっていることの方が重要に思われた。

紛れもなく老人は小箱に耳を澄ませていた。目を伏せ、息を整え、耳にだけ心を寄せてじっとしている。その姿は、フェンスにもたれて幼稚園の小鳥たちの声を聞いていたお兄さんを思い起こさせた。老人の口元は固く閉じられ、髪は乱れるに任せている。背中はベンチの背もたれから数センチ離れ、首は耳にとって最も適切な角度を保ち、微《かす》かに指先が震えている以外、体のすべてが静止している。久しぶりに小父さんは、一心に耳を澄ませている人を目の前にして、胸が高鳴った。お兄さんが死んでから初めて、他の誰にも分からない音を聞き取ろうとしている人に出会った気がした。

「あのう……すみません」

邪魔をしてはいけないとよく承知してはいたが、小父さんはどうしても尋ねないではいられなかった。

「何を、聞いていらっしゃるんですか？」

老人はさして迷惑そうな様子は見せず、黒目だけを動かし、むしろ、尋ねてくれるのを待っていたのだ、という表情を浮かべた。

「これのことかね？」

そう言うと老人は惜し気もなくその箱を小父さんの耳に近づけてきた。小父さんは緊張し、一生懸命に神経を集中させた。

「聞こえるか？」

「……」

「もう少し辛抱して」

「はい」

「どうだ？」

「……さあ……」

「やっぱり駄目か？」

「……はい、何も……」

「そうか。ちょっと今日は、気温が高めだからな」

老人は小箱を掌《てのひら》に載せ、小父さんに見せてくれた。黒々として艶《つや》のある木製の箱だった。丁度片手に納まるくらいの大きさで、厚みは二センチほどしかなく、見ただけではどうやって開けるのか仕組みは分からない。しかし何より目をひくのはその装飾だった。全面に螺鈿《らでん》の細工で野の草花が描かれ、上部、四分の一ほどには繊細な透かし彫りが施されていた。

「虫箱だ」

と、老人は言った。

「中に虫を入れて、鳴き声を聞く」

「えっ、虫を？」

小父さんは問い直した。

「そう。私は鈴虫派だ。蟋蟀《こおろぎ》派の方が主流だが、断然私は鈴虫を支持する。さあ遠慮せず、手に持ってみたまえ」

小父さんはそろそろと手をのばした。中に虫が入っていると知れば、ますます慎重にならざるを得なかった。それは思いの外軽く、老人の体温が染みてほの温かかった。

「あっ」

透かし模様の間から触覚の先らしいものがはみ出してきて、思わず小父さんは声を上げた。

「ほら、嘘じゃないだろう」

「でも、どこから入れるんです？」

「簡単には開かないように、虫箱特有のからくりがされている」

老人が人差し指の爪で側面の一箇所を押しながら底板を滑らせると、バネが弾けるような音がして、透かし模様の部分が外れた。手は震えがちだったが、もう何度も繰り返した仕草なのだろう、指は滑らかに動いた。

「このとおり」

自慢そうに老人は言った。

鈴虫が逃げないよう両手で覆いをしつつ、小父さんは中を覗き込んだ。暗くてよくは見えなかったが、確かに何か黒いものが潜んでいる気配はあった。触覚と脚先が箱の内側をこする、かさこそという音も聞こえてきた。

「私はいつでも虫箱を内ポケットに忍ばせている」

老人はからくりの蓋を閉じた。

「そうすれば一日中、虫の声と一緒にいられる。私のためだけに鳴いてくれるんだ。全く、愉快じゃないか」

老人は声を上げて笑った。最初はただ外れそうになった入れ歯が鳴っているだけかと思ったが、それは紛れもない心の底からの笑いだった。

その時、不意に、笑い声の隙間にそっと忍び込むようにして鈴虫が鳴きはじめた。

「ほら、きた」

間に虫箱を挟み、老人は左耳を、小父さんは右耳を寄せ、二人はしばらくの間鈴虫の声に聞き入った。互いの息遣いを頬に感じるほど、二人は近づき合っていた。風が吹き抜けると、老人の髪が時々、小父さんのこめかみを撫でた。

それから毎週末の午後、雨さえ降っていなければ、小父さんは河川敷の公園へ自転車を走らせるようになった。虫箱の老人に会える時もあれば、会えない時もあった。会って何をするというわけでもなく、ただ鈴虫の声を一緒に聞くだけのことなのだが、ベンチに老人の姿が見えないとなぜか拍子抜けし、落ち着かない気分になった。体の具合でも悪いのだろうかと心配になり、ちょっと気配がしただけで、つい土手の方を振り返ってしまった。逆に老人が先に定位置についていると、待たせては申し訳ないと気が急いて、慌てて土手の坂を走り下りていった。

鈴虫の鳴き声は鳥とは随分違っていた。もっとひっそりとして危うげで、素朴だった。どんなに空の高いところにいても、鳥の声がすぐさま地上に響いてくるのとは違い、遠慮深い鈴虫の鳴き声は、油断しているとつい聞き逃してしまいそうになることがしばしばあった。

「ほら」

しかしさすがに老人は、鳴きはじめる寸前の予兆をすぐさま捕らえ、小父さんに合図を送ってきた。すると案の定、あたりのざわめきに今にもかき消されそうになりながら、虫箱の奥の小さな暗闇が震えはじめているのだった。

鈴虫の鳴き方にはむらがあった。羽が擦り切れてしまうのではと心配するくらい続けざまに鳴いたかと思うと、ぱたりと静まり、延々無音の時が流れた。日によっては、結局一度も鳴かなかったということもあった。けれど老人は回数にこだわってはいなかった。少しもイライラなどせず、悠然とその時を待った。むしろ待ちくたびれたあとに、極上の鳴き声がほんの短い間聞こえる時のほうがうれしそうだった。

「虫箱は手入れが肝心だ。手入れを怠《おこた》るとせっかくの美声も台無しになる」

鈴虫と虫箱について、老人はいくらでも語ってくれた。

「薬品で磨くんですか?」

「人工的な薬では話にならん。天然素材でなければ駄目だ。あくまでも天然だ」

「はい」

「人間の脂だ。虫箱に最適なのは人間の脂」

「えっ」

「人間の顔のテカテカした皮脂。これを絹のハンケチで拭き取って、虫箱にすり込むのよ。優しくな」

老人はズボンのポケットからハンカチを取り出し、その手つきを再現してみせた。随分たくさんの脂を吸い取って黒光りする虫箱とは対照的に、ハンカチは薄汚れてくしゃくしゃになっていた。

「だからこんなに艶が出るんですね」

「見た目だけの問題じゃない。脂を吸った虫箱は実に音がまろやかになる」

「違いが分かりますか?」

「もちろん。蟋蟀派の中にはむしろ切れ味の鋭さを求めて、松脂《まつやに》だのグリセリンだのを用いる者もいるが、邪道だ。つまらん」

いかにも見下すような口調で、額の皺を上下させながら老人は言った。

老人のいでたちは毎回同じだった。大きすぎる黒い背広に埃まみれの革靴、それに頑丈な柄の蝙蝠傘。いつも内ポケットに虫箱を入れているせいなのか、背広の左身頃だけアンバランスに肩が下がり、胸のあたりがだらんとしていた。

「ご自分の皮脂を使われるのですか」

小父さんは尋ねた。

「いや、ご覧のとおり私はもうすっかり干からびてしまった」

確かに老人の額はかさかさに乾いて粉を噴いていた。

「もしよかったら、私のを使って下さい」

小父さんは自分の鼻の頭を人差し指で撫で、どれくらいべとついているか確かめた。

「いや、結構」

即座に老人は言った。

「鈴虫は女性の皮脂を好むのでね。特に処女の脂を」

老人はハンカチをズボンに押し込め、鈴虫を励ますように虫箱の角を優しく突いた。

どうしても鈴虫が鳴かない時は、小父さんがメジロの鳴き声を真似してみた。鈴虫を驚かさないよう、透かし模様の内側に唇を寄せ、「チィーチュルチィーチュルチィルチィルチィー」とほとんど息だけを漏らすようにして鳴くと、時折、成功した。その余韻に重ね合わせて鈴虫の声が返ってきた。

「ほお、これは愉快愉快」

たいそう老人は喜んだ。老人を喜ばせるために何度でも小父さんは鳴き真似をしてみせた。空のメジロにも、公園に集う人々にも届かない、ただ老人と小父さんと鈴虫のためだけの鳴き声だった。他の誰かがどんなに注意を払ったとしても聞こえない声が、二人のベンチを包んでいた。

「どうやって訓練した？」

老人が尋ねた。

「兄に教わりました。兄はもっと完璧でした。兄ならきっと鈴虫でも、自在に鳴かせられたと思います。でも、もう死にました」

「ほう、そうか」

「はい」

「どのメジロも同じ鳴き方をするのかね」

「いいえ。個性があります。でも皆美しい歌をうたう、という点では同じです。鈴虫はどうですか」

「一匹一匹皆違うよ。虫箱の手入れの前にもう一つ大事なのは、いかに綺麗な音で鳴く鈴虫を見分けるかだな」

「見分けられるんですか？」

「私の得意とするところだよ。鈴虫派の中では重鎮《じゅうちん》の部類だ。これまで何千匹という鈴虫の声を聞いてきた。いくら草むらで元気よく鳴いていたからといっても、それは当てにならん。虫箱に入れた途端、鳴き方を忘れてしまうのはいくらでもいる」

「ポイントはどこです？」

「鳴いている時の姿を見れば、たいてい分かる。仲間からポツンと離れて、独自の方角を向いて、縄張りを主張するためでもない、メスを呼ぶためでもない、まるで自分自身のために歌っているかのような、ひとりぼっちの鈴虫。そういうのがいい」

　老人は咳をし、喉に絡まった痰を切ってから付け加えた。

「虫箱には、一匹しか入れないからなあ。孤独の似合う鈴虫でなければ務まらん」

「なるほど。そういうものですか」

小父さんは相槌を打った。

「ねえ、ねえ」

その時突然、川岸で遊んでいた子供たちが五、六人駆け寄ってきたかと思うと、あっという間にベンチを取り囲んだ。

「それ、何?」

「何が入っているの?」

「おやつ?　おもちゃ?」

弾んだ息のまま、子供たちは口々に老人が持つ虫箱を指して尋ねた。皆、五つか六つくらいに見えた。もし彼らが幼稚園の子らで、小鳥の小父さん小鳥の小父さんとはやし立てられたらどうしようと、彼は一瞬身構えた。なぜ子供というものはいつもこんなふうに無遠慮なのだろうかと、うんざりさえした。

「ねえ、僕にも見せて」

「わたしも、わたしも」

しかし彼らは虫箱にばかり気を取られ、小父さんにはさほど注意を払っていなかった。

「ああ、いかん、いかん」

大げさに身をかがめて老人は、虫箱を守る振りをした。

「うっかりこれに耳を澄ませたら、取り返しがつかないことになるぞ」

芝居がかった声色で老人は言った。

「どうして？」

「どういうこと？」

「取り返しって、どういう意味？」

なおいっそう子供たちは興奮して体を寄せてきた。

「箱の中にはな……」

小父さんと違い、老人は彼らのことを一向に苦にする様子はなく、むしろ生き生きとして面白がっているようだった。

「この箱の中には小人が隠れている」

「小人って何？」

「お前たち。小人を知らないのか？　呆れたもんだ。何もかもが小さい人だよ。頭も歯も手も扁桃腺も膀胱も喉仏も土踏まずも、全部が小さいのだ」

「ええ、変なの」

「変じゃない。ただ小さいだけの話に過ぎん。で、なぜ小人が小さいのか。天国からこっそり派遣されてきたからだ。あくまでもこっそりでなくちゃならない。何しろ天国だからな」

口から出まかせとは思えないほど老人の喋り方は滑らかだった。適切な間があり、声にはどこかしら秘密めいた響きがあった。いつしか子供たちは話に聞き入っていた。

「小人の役目は、望む人があれば、その人の死ぬ日時を教えてやることだ」

「えっ、本当？」

「ああ。それくらいのことでなければ我々も、ここまで熱心に聞き耳を立てたりしないよ。なあ、君」

不意に同意を求められ、小父さんは気乗りがしないまま首を縦に振った。

「しかし大事なのは、望む人があれば、という点だ。聞きたくもない人に向って無闇に大事な秘密を漏らしたりはしない」

「お爺《じい》さんは、いつ死ぬか分かったの？」

一人の女の子が半ば心配そうに、半ば興味を抑えきれないといった口振りで尋ねた。短すぎる吊りスカートに毛玉だらけのソックスを履いた、利発そうな女の子だった。

「それを今まさに、小人から聞こうとしていた最中なのだ。小人は当然、声もとても小さいからな。そう簡単には聞き取れない。神経を集中させねばならん。こうやって、息を止めて、目を細めて……」

老人が虫箱を耳に当てると子供たちは、彼らなりに静かにしようとして動きを止め、箱と耳にじっと視線を送った。

「どう？　聞こえる？」

こらえきれずにさっきの少女が口を開いた。

「お嬢ちゃんも、聞いてみるかね」

「えっ」

不安げな表情を浮かべて少女は一歩後ずさりした。

「滅多な人に小人の箱を貸したりはしないんだが、お嬢ちゃんにならよかろう。特別だ。君も異存はないだろう」

老人は小父さんの方を見た。小父さんはただ頼りなく「はあ」と息を漏らすしかなかった。

「僕じゃ駄目？　僕、聞いてみたいよ。小人の声」

「僕も僕も」

「えーっ」

「やめときなさいよ」

ちすくんでいた。

「そうよ。そうよ」

口々に子供たちが騒ぎ立てる中、その少女だけがどうしていいか分からないままに立ちすくんでいた。

「さあ、この透けたところに耳を当ててごらん」

老人は少女の手を引いて自分の真正面に立たせ、虫箱を彼女の目の前に差し出しながら同時に、ズボンのポケットから取り出したハンカチで少女の顔を拭った。老人とは思えない素早い仕草に、彼女は自分が何をされたのか気づきもしないまま、恐る恐る透かし模様に視線を送っていた。

「やっぱり止した方がいいよ。こんなのインチキだ」

一人の男の子がそう叫んだのを合図に、子供たちはいっせいに駆け出して行った。少女の毛糸のソックスも川岸に向って遠ざかり、やがて光に紛れて見えなくなった。

老人はいつもの、愉快でならないという表情を浮かべて笑った。周囲の人が振り返るのも気にせず、入れ歯をカチカチ鳴らし、メジロよりも、もちろん鈴虫よりも威勢のいい笑い声をあたりに撒き散らした。そうして長い笑いが収まると、少女の顔を拭ったハンカチで虫箱を磨いた。透かし模様の細い隙間一つ一つにハンカチを滑り込ませ、いつまでも丹念に磨いていた。

夕暮れが近づく頃、鈴虫が鳴きはじめる。どちらからともなく二人は体を寄せ合い、耳を近づけ合う。やっぱりお前はここにいたのか、と小父さんは、小箱の奥に潜む姿の見えない鈴虫を思ってほっとする。

鳴きはじめはいつも心細い。一瞬で途絶えてしまうのではないか、あるいは単なる空耳なのだろうか、という不安がよぎる。それでもほどなく、わずかながらも勢いと伸びやかさが出てくる。空耳などではないとはっきりしてくる。

音色はどこまでも澄んでいる。ひっそりと耳の管に染み込み、余分な気配も残さず奥へ奥へとたどり着き、それが音だと気づかせないほどの慎み深さで鼓膜を震わせる。けれど決して単純ではない。薄い音の膜が何枚も重なり合い、微妙なニュアンスを生み出している。

小父さんはついメジロと同じように口真似をしてみたくなるが、上手くいかないのははっきりしている。何よりその音量を保つのが難しい。鈴虫はあくまで、自分の体の大きさに相応《ふさわ》しい、丁度虫箱に納まるくらいの音しか出さない。ほんのわずかな分量の中に、どうやってこれほどの繊細な模様を浮き出させるのか、小父さんは不思議に思う。

その気になれば、いともたやすく引きちぎってしまえるほどのか弱い羽が、今自分の耳元にあるこの音を響かせているとはとても信じられず、もしかしたら本当に小人が隠れているのでは、と思ったりする。

鈴虫は鳴き続けている。途中、消え入りそうになりながらも懸命に羽を奮い立たせ、産毛を擦り合わせ、暗闇にさざ波を起こす。その波は処女の脂に吸い込まれてゆく。

小父さんのすぐ目の前に老人の耳がある。相変わらずそこだけ老いから免れたように瑞々《みずみず》しく、夕暮れの中でもくっきりとした輪郭を描き出している。耳の縁から体温が伝わってくる。これは、耳を澄ませている耳だ、と小父さんには分かる。鳥小屋のお兄さんを見守り続け、彼の言葉を通訳し続けてきた小父さんには、大事な何かを聞き取ろうとして一心になっている耳と、そうでないただの耳の違いが見分けられる。小父さんは懐かしい気持になる。耳を澄ませている人のそばにいるだけで、頭痛が和らいでゆくのを感じる。

ベンチの脇で蝙蝠傘が倒れている。いつもの通り、老人の肩にはふけが落ち、靴は埃を被っている。小父さんのこめかみには小さな四角い湿布が貼られている。どんどん夕闇は迫り、川の流れも水草の茂みも土手の向こう側もぼんやり遠ざかって見える。いつの間にか子供の姿は消え去り、老人と小父さん二人だけが取り残されている。

二つの耳は一つの塊になり、もはや見分けがつかない。その耳に小人が秘密の伝言をささやく。

10

秋はいよいよ深まってゆき、もうすぐそこまで冬が近づいていた。庭に集まる鳥の種類が変わり、幼稚園の鳥小屋には保温ヒーターがセットされ、バラ園のバラは枯れ落ちた。ゲストハウスの入場者の数は落ち着き、アルバイトの子は一人に減った。寒くなるにつれ、頭の痛む日が増えてきたが、それでも小父《おじ》さんは毎週末、河川敷の公園へ出掛けて行った。

「小鳥の小父さん」

物置から保温ヒーターを引っ張り出し、鳥小屋に取り付けていた時、一人の園児が声を掛けてきた。

「小人の箱を持ってたでしょう?」

いつか老人のハンカチで顔を拭かれた女の子だった。あの日と同じ毛玉だらけの靴下を履いていた。教室から駆けてきたらしく、白い息を吐き、いかにも健康そうに頬を赤く染めていた。髪を二つに結んでいるせいであらわになった耳を改めてよく見れば、さすがに老人が目を付けただけのことはあり、気持ちよく整った形をしていた。

「今も持ってる？」

「いいや」

小父さんは首を横に振った。

「あれは、あのお爺《じい》さんの持ち物なんだ」

「そう……」

「お爺さんの死ぬ日、聞こえた？」

「さあ、どうかな……」

「ふうん……」

小さく首を傾けると少女は、鳥小屋の金網に指を引っ掛けて文鳥を目で追った。

「文鳥は好きかい？」

小父さんは尋ねた。

「うん。でも、目の周りの赤い輪っかが、少し可哀そう」

「どうして？」

「だって、注射の針でブツブツ刺したみたいなんだもの」

　確かに文鳥の目は、粟粒ほどの赤いビーズを連ねたような輪で縁取られ、その赤色が彼らを他の鳥と見分ける何よりの印となっていた。注射の時を思い出したのか、少女は一瞬顔を曇らせた。

「どの文鳥も痛がってはいないから、心配いらない」

　気休めに小父さんは言った。

「本当?」

「ああ」

　今にも血が滴《したた》り落ちてくるのでは、というような表情で少女は、止まり木につかまる文鳥を一羽一羽見つめた。その背中に、束ねた二本の髪の毛が大人しく垂れ下がっていた。スモックから伸びるむき出しの足は伸びやかで、いくら毛糸のソックスを履いていても冷たそうだった。

「だけど」

　文鳥から目をそらさずに少女は言った。

「あの輪っかを取って、耳飾りにしたらきっと可愛いでしょうね」

「耳飾り?」

「そう。耳たぶに飾るの」

改めて小父さんは文鳥の目を見た。針の先を目尻にそっとあてがえば、赤い輪は案外たやすく外れるかもしれなかった。黒目を離れるとそれはいっそう小ささが際立ち、油断すればつい指先で潰《つぶ》してしまいそうになる。そういう輪を飾るに相応《ふさわ》しいのは、文鳥の目以外ではきっと、少女の耳たぶ以外にないだろう。まだ誰の手にも触れられたことのない耳たぶは柔らかく、半透明で、すべすべしている。赤い輪と同じく、何の手ごたえもなく押し潰されそうにはかない。そこに血の雫《しずく》を飾れば、どんなに愛らしいことか。彼女が駆け回るたび、まるで文鳥が羽ばたいたのではと勘違いし、空を見上げてしまうのだ。

「お迎えはまだかい？」

耳たぶから輪が外れないよう、慎重に小父さんは口を開いた。

「うん」

振り返って、少女はうなずいた。

「お母さんが急な用事で来られないから、お父さんを待ってるの」

その時、文鳥が一羽、また一羽とさえずりはじめた。血よりもずっとさらさらとして清らかな水の玉を、嘴《くちばし》の先から宙に噴き上げるような音色だった。少女の顔は上気し、手足の冷たさにもかかわらずうっすら汗ばんでいるように見えた。

老人は少女の脂を拭ったが、耳たぶには触れなかった。文鳥の耳飾りだけはきっと何ものにも汚されていないはずだ。小父さんは自分を慰めるように、胸の中でそうつぶやいた。

「……ちゃん、お父さんよ」

その時、少女を呼ぶ園長の声が遠くから聞こえてきた。

「石のベンチは冷えるね」

と老人は言った。彼はマフラーも巻かず、コートも羽織らず、相変わらずの型崩れした背広姿だった。バドミントンをしたり土手で昼寝をしたりする人の姿はまばらになり、公園はひっそりしていた。ひととき日が差してもまたすぐに、川下へ向って流れる雲が光を遮った。

「はい」

さっきからずっと老人は虫箱を耳に当てていたが、一向に鳴く気配はなく、手は痺《しび》れて小刻みに震えていた。どんよりした雲の下でも虫箱の艶《つや》は失われておらず、透かし模様の溝一つ一つまで抜かりなく磨き上げられていた。

「駄目だな、もう、こいつは」

老人は虫箱を揺すった。カサカサと、微かに乾いた音がした。震える手に息を吹きかけながら老人は、いつか蓋の開け方を指南した時と同じ手順で側面の突起を押し、底板に手を当て、透かし窓を滑らせて取り外した。それから中をよく確かめもせず、無造作に箱をひっくり返した。何かが二人の足元に転がり落ちてきた。思わず小父さんは足を引っ込めた。それが鈴虫だと分かるまで、しばらく時間がかかった。

死んでから随分経っているらしく、鈴虫はすっかり干からびて、触角は抜け落ち、何本か脚はもげ、畳まれた羽は汚く黒ずんでいた。あれほどの鳴き声の持ち主だったとは信じられないほどに、みすぼらしい姿に成り果てていた。

「鳴くだけ鳴いて、寒くなるとすぐ死んでしまう」

そう言って老人は鈴虫を踏み潰した。埃まみれの革靴の下で、それは呆気なく粉々になってしまった。

次の週も、その次の週も老人は姿を現わさなかった。再び鈴虫の季節が巡ってくるまで、公園にはやって来ないつもりなのかもしれなかった。良い鈴虫の見分け方や虫箱の手入れの仕方は教えてもらったが、老人がどこに住み、どんな暮らしをしているのか、小父さんは何も知らなかった。一人ベンチに座り、水の流れと、空の色と、川べりに集まってくる野鳥たちを眺めながら、時折、もしやという思いで土手の上を見やるものの、やはり待ち人の姿は見つけられなかった。日が暮れてくると、さすがに手持ち無沙汰になった。やはり石のベンチは冷たすぎた。仕方なく小父さんは自転車にまたがり、スーパーに寄ってわずかな食料品を買い求めたあと、家路についた。

その日曜日も、そうやって河川敷の公園から家に帰る途中だった。幼稚園の裏門へ続く小道を曲がった時、小父さんははっとして息を飲み、慌てて自転車のブレーキを掛けた。フェンスの窪みに、そのまま身を預けている人影を発見したからだった。影は鳥小屋を見つめていた。

多少錆《さび》にやられてはいるものの、お兄さんの体を写し取る窪みはまだ損なわれずに、その形を保っていた。小父さん以外、窪みがあることを知っている人など誰もおらず、小道を行く人々はそこにちらりと視線を送ることもなく、足早に通り過ぎてゆくばかりだった。その窪みに人の姿を認め、小父さんはしばらく立ちすくんでしまった。

もちろん、お兄さんでないのはよく分かっていた。もしかして、と願望を抱いたのはほんの一瞬にすぎなかった。影はお兄さんよりずっと小さかった。しかしお兄さんと同じ熱心さで鳥小屋を見つめていることだけは間違いなかった。

それはあの、文鳥の耳飾りの少女だった。あたりは暗くなりはじめ、母親の姿も見当たらなかったが、小さい体をすっぽり窪みに埋めた様は、何の懸念もなく穏やかな心持でいるように見えた。休日の幼稚園は暗闇に包まれ、人の気配はなく、文鳥も皆止まり木に集まってそろそろ眠る態勢に入ろうとしているところだった。たった一本の街灯だけが、青白い光で少女の横顔を照らしていた。

「一人かい？」

そろそろと近寄って、小父さんは話し掛けた。

「あっ、小鳥の小父さん」

普段と同じ無邪気な声を少女は上げた。

「お家へ帰った方がいいよ。もうすぐ夜になる」

「うん」

と言いながら少女はまだ、フェンスから離れようとはしなかった。

「オルガン教室の帰りなの」

「ふうん。そうか」

楽譜でも入っているのだろうか、足元には音符がアップリケされた手提げ袋が置かれていた。小父さんは少女の脇に立った。その馴染み深い場所に立った途端、カナリアの種類を教えてくれたお兄さん、さえずりに耳を澄ませていたお兄さん、ただひたすらフェンスにもたれてじっとしていたお兄さん、あらゆるお兄さんの姿が一度によみがえってきた。

「もう、鳴かないのね」

「暗くなると鳴かない」

「怖いから？」

「いいや。眠るためだ」

自分のすぐ隣に誰かがいて、その誰かと一緒に小鳥を見つめている。そう思っただけで小父さんはたまらなくいとおしい気持になった。

まるでお兄さんがどんな姿だったか知っているかのように少女は、窪みを無理に変形させることもなく、上手にその形をなぞりながら身を任せていた。お兄さんが見つけた、小鳥を見つめるのに最も適切な角度を守っていた。夜が近づいても文鳥たちの輪っかは、赤い色を失っていなかった。少女の耳たぶは小父さんのすぐそばにあった。

「お家まで、送ってあげよう」

「ううん、いいの」

「お母さんが心配しているといけない」

「大丈夫。一人で帰れる」

少女は手提げ袋を持ち、小父さんを見上げ、微笑んだ。

「またね。小鳥の小父さん」

「気をつけるんだよ」

「さようなら、小鳥の小父さん」

さようならと、小父さんが答える間もなく少女は駆け出し、小道の向こうに消えていった。小父さんは闇に向って、ポーポー語で「さようなら」とつぶやいた。


その年の冬は寒さが厳しかった。幾日も薄曇りの日が続き、ようやく晴れ間が出たと思うと強い季節風が吹いて、雪が降った。ゲストハウスの水道管は凍結し、バラ園では雪の重みで支柱が何本か折れ、アルバイトは凍った玄関ポーチで転倒して手首を骨折した。雪が積もると幼稚園児たちは大喜びで雪だるまを作り、それを鳥小屋の前に並べた。ごつごつとして不恰好な雪だるまたちは、人参や積み木の耳で文鳥のさえずりを聞いていた。小屋に毛布を被せたり、鳥籠に入れ替えて職員室に避難させたりしたが、何羽かの文鳥は寒さに耐えきれずに死んだ。幼稚園の決まりのとおり、彼らは"ことりのおはか〟に埋葬された。

離れに積もった雪はなかなか溶けず、重なり合う残骸の隙間に入り込み、薄汚れた氷の塊となった。伸び放題の庭木の陰はいつもじゅくじゅくと湿っぽく、苔《こけ》なのか黴《かび》なのか、名前もよく分からないものが生えていた。それでも冬の野鳥たちは元気に集まってきた。ジョウビタキは廃墟のてっぺんに止まって地面の虫に狙いを定め、シジュウカラは警戒心も見せずにバードテーブルの餌を旺盛に食べ、お兄さんが遠慮深い鳥と言って可愛がったツグミは、相変わらず他の鳥たちの邪魔にならないよう細心の注意を払っていた。どんなに風が冷たかろうと雪が降ろうと、不機嫌な様子を見せるものは一羽もいなかった。皆自分に与えられた喉で精一杯の歌をうたい、掌《てのひら》にも満たない小さな羽で、空の高い場所を目指して飛び立っていった。

その日、こめかみに貼る湿布をハサミで切りながら新聞を読んでいた小父さんは、地方版の小さな記事に目を留めた。記事の中に出てくる地名がすぐ近所だったからだ。兄弟たちとゲームセンターに遊びに来ていた五つの女の子が行方不明になり、父親から捜索願が出されたが、翌日の早朝、河川敷公園の草むらで一人で泣いているところを発見された。女の子が知らない小父さんに連れて行かれたと話したことから、警察は未成年者略取の疑いで捜査している、というものだった。虫箱の老人が現われなくなってから久しく遠ざかっている公園の風景を、小父さんは思い浮かべた。公園の外れの川べりには確かに子供の姿が隠れるくらいススキが生い茂り、とうに使われなくなった漁師の道具小屋があった。

「あの女の子でなければいいが……」

文鳥の耳飾りの少女がほんの一瞬だけ頭をよぎったが、すぐにその姿は消え去った。小父さんは新聞を畳み、痛みの芯を探るように人差し指をこめかみに這わせながら、右と左両方に湿布を貼った。ただ、それだけのことに過ぎなかった。

その後、犯人が捕まったというニュースは小父さんの耳には入ってこなかった。もしかしたら逮捕されたのかもしれないが、新聞を見落としたのかもしれないと、そう深くこだわりもしないままにぼんやり思っていた。ただ、幼稚園で文鳥の耳飾りの少女がいつもどおり元気に遊んでいるのを見かけた時だけは、やっぱりそんなはずはなかったんだと安心した。

「最近、物騒ねえ」

犯人がまだ捕まっていないことを教えてくれたのは、青空薬局の店主だった。

「このへんの家じゃあ皆、小さい子供だけで遊ばせないようにしているらしいわよ」

「そうですか」

「小学校は親が付き添って、集団で登下校しているしね」

「はあ……」

　小父さんには何とも答えようがなかった。

「あそこの公園、人っ子一人姿が見えなくて、余計に怖いくらい」

　いつになく店主は饒舌《じょうぜつ》だった。

　歳を取ってますます彼女は前店主の母親に似てきた。カウンターに置かれた染みだらけの手の甲や、痩せた首筋にのぞく皺《しわ》や、陳列棚の間に吸い込まれてゆくような低い声のトーンは、どちらがどちらか見分けがつかず、時に混乱するほどだった。混乱するたびに小父さんは、お兄さんと一緒にポーポーを買いに来ていた頃へ引き戻された。広口ガラス瓶の跡はフェンスの窪みと同じく、消えそうになりながらもいまだ、うっすらとその形を留めていた。

「いたずらされたらしいわよ」

　カウンターに両肘をつき、声をひそめて店主は言った。

「はっきりそう報道はされていないけど、河原の小屋に連れ込まれて、何か良からぬことを……ね」

いよいよ小父さんは言葉を見失い、黙ってしまったが、お構いなしに店主は続けた。

「お客さんたちがひとしきり、ここで噂話をしていくもんだから、知りたくなくても耳に入っちゃうのよ。犯人は結構、年寄りだったらしいって、薬品会社の営業の人がそう言ってた」

適度に相槌を打ちながら小父さんは陳列棚に目を走らせ、気に入っている湿布が売り切れていないかどうか確かめた。

「被害に遭った女の子は、引っ越していったんだって。まあ、居づらいわよねえ。将来のこともあるし……」

話が途切れたのを見計らい、小父さんはようやく口を開いた。

「いつもの湿布、ありますか」

「ああ、そうだったわね。忘れてた」

店主はくるりと背を向け、陳列棚から湿布の箱を取り出し、白衣の袖口で埃を拭った。

「頭痛、まだ続いてるの？」

「はい」

「こんなもので誤魔化さないで、ちゃんと病院で診てもらった方がいいわよ」

「でもこれが、なかなかよく効くんです」

「あら、そう？」

店主は再びカウンターに両肘をつき、小父さんのこめかみのあたりに目をやった。仕事帰りで湿布は貼っていなかったが、そこは皮膚がかぶれて赤くなっていた。

「だけど、顔に湿布なんか貼ってたら、人が変に思うじゃない」

「貼ったまま外を出歩くようなことは……」

「でも私、いつか見かけたわよ」

「休みの日に、ごくたまに、ついはがし忘れて……」

「いずれにしても」

店主は湿布の箱を持ち上げ、ポンと気持のいい音を立てて再びカウンターの上に置いた。

「用心するのよ。怪しい人だと思われないように」

小父さんは小さくうなずき、ほとんど無意識のうちに左の人差し指でこめかみをこすった。微かにヒリヒリとした。

「病院へ行きなさい。いいわね。中央病院がいいわ。あそこの内科の先生、名医だから」

小父さんが店を出て自転車にまたがるまで店主は、念を押し続けた。

小父さんに話を聞きたいと、警察の人が二人やって来たのは、その日の夜だった。夕食の後片付けも終わり、そろそろラジオのスイッチを入れようとしているところだった。

「夜遅く、お疲れのところを申し訳ありません」

二人は礼儀正しく、感じがよかった。ソファーに浅く腰掛け、背筋を伸ばし、口元には笑みさえ浮かべていた。

「幼児連れ去り事件のことをご存知ですか?」

と一人が尋ね、もう片方が、

「情報を求めて、大勢の方々にご協力いただいているのです」

と言った。

代わる代わる二人は小父さんにさまざまな質問をした。家族構成、仕事の種類、勤務時間、役職、幼稚園に出入りするようになったきっかけ、手伝いの内容、園長との関係、公園の利用頻度、当日の行動……。一つ一つ、小父さんはじっくり考えて答えた。ただ、事件のあった日曜日については、ほとんどはっきりしたことは思い出せなかった。鳥小屋の掃除をしたかもしれないし、青空薬局に寄ったかもしれない、スーパーで買い物をしたかもしれないし、一歩も家から出なかったかもしれない。とにかく変わったことは何もない、普段と同じ休日だったとしか言いようがなかった。

「河川敷の公園へは行きましたか?」

「いいえ」

その質問にはすぐ答えられた。鈴虫が死んで以降、老人には一度も会っていなかったからだ。

「寒くなってからは行っていません」

と小父さんは付け足した。

「寒くなる前はよくいらしていたんですか?」

「ええ、まあ」

「何をなさりに?」

「特別には何も……。知り合いと話をしたり……まあそんなところです」

「お知り合いとは、どなたですか? 差し支えなければ」

「名前は知りません。公園で知り合った老人です」

老人の特徴について彼らは詳しく尋ねてきた。一つの答えが次の質問を生み、新たな展開を引き出し、更なる地点へ小父さんを導いた。どんどん時間は過ぎていったが、二人は一向に気にする様子を見せなかった。いつしか頭痛がはじまっていた。

「ちょっと失礼します」

小父さんは中座し、台所で痛み止めを飲んだ。

「どこかお悪いんですか。すみませんねえ、ご迷惑をお掛けして」

「薬ですか」

いたわりの言葉を口にしながらやはり、二人は帰ろうとはしなかった。

結局小父さんは老人が鈴虫を箱に閉じ込め、公園で鳴き声を聞いていたという事実については何も話さなかった。その特徴を語らなければ、老人にまつわることで彼が口にできるのはほんのわずかな情報でしかなかった。敢《あ》えて秘密にしておこうと心に決めたわけではなかったのに、いざ鈴虫の話を持ち出そうとすると、なぜか上手く言葉が出てこなかった。虫箱の説明を適切にする自信がないのか、ただ面倒なだけなのか、すべて頭痛のせいなのか、自分であれこれ理由を並べながらも心の奥では、処女の脂について の不安が渦巻いているのにちゃんと気づいていた。ハンカチで少女の顔を拭った、老人のあの手つきに近寄らなくても済むよう、小父さんは慎重に言葉を選んだ。

「長時間にわたって、申し訳ございませんでした」

「ご協力どうもありがとうございました」

最後まで二人は礼儀正しいままだった。

二人を送り出すとたまらず小父さんはソファーに寝転がり、こめかみを押さえ、クッションに顔を埋めた。頭蓋骨の中で波打ち、響き合う痛みの音が聞こえてきそうな気がした。ソファーにはまだ彼らの体温が気持悪く残っていた。小父さんはテーブルの下に手を伸ばし、湿布を仕舞っている空き箱を引き寄せ、震える手でどうにか二枚、こめかみに貼った。かつてお兄さんがポーポーの包装紙を溜めていたその空き箱には、湿布の下にまだ数枚が残ったままになっていた。すっかり色が抜け、ぱりぱりに乾き、手を触れただけで粉々になってしまいそうなほど危うげになりながら、それでも小鳥たちは小父さんのことを心配そうに見つめていた。薄荷のにおいが目に入らないよう、小父さんはいっそう深くクッションに顔を埋め、きつく目を閉じた。

ゲストハウスへ出勤する前、幼稚園へ来てみると裏門の扉に鍵が掛かっていた。フェンスと同じくらい古びた、扉とも言えない簡便な入口の取っ手に南京錠がぶら下がり、押しても引いてもただガチャガチャいうばかりで、どうにも開く気配がなかった。こうしたことは、かつて一度もない事態だった。すっかり塗料がはげ落ちて錆だらけになった扉とは対照的に、南京錠は真新しく、機械油で黒々と光り、いかにも頑丈そうだった。

小父さんはフェンスの隙間から中の様子をうかがった。文鳥たちには何も変なところはなかった。補助飼料がなくなっているのと、青菜入れのキャベツが萎《しお》れているのが気になる以外、あとは水の汚れ具合も餌の減り方も普段と変わりなく、文鳥たちは元気に飛び回っていた。園児はまだ誰も登園していないようだったが、職員室の窓にはちらほら人影が映っていた。

大きな声で先生を呼ぼうか、正面玄関へ回ろうか、それとも今日の掃除は仕事が終わったあとにしようかと小父さんが迷っているうち、ジャングルジムの向こうから近づいてくる園長の姿が目に入った。園長は両手をエプロンのポケットに入れ、視線を足元に落とし、決して小父さんの方を見ようとしなかった。

「ご苦労さまです」

「おはようございます」

そう挨拶したあと、フェンスを間に挟んだまま、二人ともしばらく黙っていた。引退して名誉園長になった前の先生とは幾度となく言葉を交わす機会があったが、新しい園長とはほとんど交流がなく、どうやって話をつないだらいいのか小父さんは戸惑ってしまった。とにかく鍵を開けてくれるのを待つしかなかった。

「あの、この、南京錠……」

と、ようやく小父さんが言いかけた時、次の言葉を打ち消すように、不意に園長が口を開いた。

「園の方針として、戸締りを厳重にするよう決定しました」

園長は痩せて背が低く、色白で、足も手も胴も指も、体中のあちこちすべてが細かった。化粧気はなく、洗いたてのエプロンには染み一つなく、ほのかに石鹼《せっけん》とハンドクリームの香りがした。

「はい、その方が安全です」

小父さんの声よりも、文鳥のざわめきの方がずっと勢いよく冷たい空気の中に響いていた。

「保護者からの強い要望もありました」

しかし園長は小父さんの言うことにはこだわっていないようだった。二人の視線はフェンスに隔てられ、足元と南京錠ですれ違っていた。

「そこで」

園長は一度、唾を飲み込んだ。

「園の関係者以外は立ち入り禁止、というルールにいたしました。いつでも好きな時に入って来て、好きに小鳥の世話をする、というような人がいますと、不安を感じる保護者もいらっしゃるようです」

「なるほど……」

ようやく小父さんは目の前の南京錠が、単なる不審者ではなく、自分を閉め出すためのものだと理解した。

「今まで熱心にやっていただきましたのに、このような形になって、心苦しい限りです。どうかお許し下さい」

視線を足元に向けていたうえに更に頭を下げたので、園長の体はよりいっそう小さくなった。しかし彼女の口調には、申し訳なさよりも、一刻も早くこのやり取りを終わらせたいという焦りの方が色濃く出ていた。

「いいえ、いいんです、別に」

もぞもぞと小父さんは言った。

「では、鳥小屋の世話はどなたが?」

それ以外、小父さんが聞きたいことは他になかった。

「実習に来ている学生にでもやらせます」

小鳥の世話くらい誰にでもできるんです、別にあなたじゃなくても、という言い方だった。

「どうぞ、ご心配なく」

そう言い残すと、園長は背を向け、職員室の方へ小走りに去って行った。

「キャベツを新鮮なのに取り替えて下さい。それから、ボレー粉と卵の殻を。文鳥にはカルシウムが必要なんです。上手に歌をうたうためには、カルシウムが……」

園長の後姿に向って小父さんは大きな声を出したが、その背中は二度と振り返らなかった。小父さんの声に応答しようとするかのように、文鳥が一羽、また一羽と求愛の歌をうたい出した。


小父さんは自分が幼児連れ去り事件に関わっていると噂されていることに、少しずつ気づきはじめていた。自転車で走っていると、見知らぬ人からの視線を感じたり、「ことり、ことり」というささやきが耳に入ってきたりするようになった。そのことりは、小鳥ではなく、子取りなのだと教えてくれたのは、やはり青空薬局の店主だった。

「だから、用心するようにって、忠告したでしょう」

店主は耳元でささやいた。

「あのう、いつもの、湿布を……」

しかし小父さんに言えるのは、ただそれだけだった。

南京錠に閉め出されて以降、幼稚園からは何の連絡もなかった。せめて名誉園長には一言、お礼を言いたい気持もあったが、青空薬局にもたらされる噂話によれば、高齢者専用の病院に入院中で、自分が幼稚園の園長先生だったことももう忘れているらしかった。お兄さんの異変に最初に気づき、救急車を呼んでくれたのが園長先生だったと、小父さんは改めて思い出した。あんなに何度もおやつを食べてゆくようにと勧めてくれたのに、どうして素直に従わなかったのかと、今更ながらに後悔した。小父さんは母親とお兄さんと小鳥ブローチの前に座って目を閉じ、心の中で先生に感謝の言葉を述べた。

幼稚園にはなかなか近寄り難かった。何も疚《やま》しいところはないのだから、普段どおりにしていればいいのだ、と思うほどの勇気はとても持てなかった。小父さんの姿を見て、慌てて脇道に入り込んだり、子供の手を強く握り直したりする親子連れと出会うたび、抗議すればいいのか申し訳なく思えばいいのか自分でもよく分からず、混乱するばかりだった。混乱を鎮めるために小父さんは、目一杯ペダルを漕いだ。

鳥小屋に面した路地は家からゲストハウスまでの近道なのだが、そこを避けるとなると、大通りに沿って遠回りをしなければいけなかった。自宅、青空薬局、鳥小屋、ゲストハウスを結ぶ線は、お兄さんが作り出す小鳥ブローチのように揺るぎない形を描いていた。その形をはみ出すのは、思いがけず辛いことだった。自分一人、どこにつながるとも知れないたどたどしい線を残しながら、結局は空から墜落しているのだ、という気分になった。

どうしても我慢できなくなると、早朝、まだ暗い間に家を出て鳥小屋を見に行った。路地を通る人はなく、もちろん幼稚園も無人で、小父さんはほんのひとときを小鳥たちと水入らずの時を過ごすことができた。どんなに朝早くても小鳥たちは目覚めていた。嘴で羽を繕《つくろ》い、チッチッと地鳴きをしながら止まり木から金網へと移動して体を慣らしていた。小父さんに気づいても騒いだりしなかった。

あっという間にそこは小父さんの知らない鳥小屋になっていた。目新しいものが加わったり、何かが欠けたりしているわけではないのに、餌の入れ方から水入れの置き方まで、すべてがよそよそしかった。長い時間を掛け、世話の手順を儀式のようになるまで磨き上げてきた小父さんには、そこに自分以外の人の手が加わっているのが、分かりすぎるくらいに分かった。止まり木の真下に置かれた水入れにはフンが落ち、ブランコは紐が絡まって斜めになり、片隅にはデッキブラシが立て掛けられたままになっていた。園長にあれほど頼んでおいたキャベツは姿もなく、ボレー粉も卵の殻も補充されていなかった。にもかかわらず小鳥たちが少しも不満そうな様子を見せていないことが、余計小父さんを居たたまれない気持にした。

自分なら今すぐ水入れのフンもぬめりも全部洗い流し、ブラシで磨き上げ、新鮮な水をたっぷりと注ぎ入れる。そして止まり木の下じゃなく、ちゃんと小屋の脇に寄せて置く。もちろんブランコは乗れるように紐を直してやる。古い餌は全部捨て、新しいのと入れ替えたうえで、味の変化を楽しめるようボレー粉と卵の殻を均等に混ぜてやる。床の掃除にはかなり時間を取られそうだ。どうやったらここまで汚れを放っておけるのか。ヌルヌルして長靴の跡がつきそうじゃないか。あんなふうに床に置きっ放しにしているせいで、デッキブラシの毛先がすっかり傷んでいる。新しいのに買い換えなくては、とても使い物にはならない……。

鳥小屋は小父さんのすぐ目の前にあった。手をのばせばデッキブラシがつかめそうなほどだった。けれどその間には、お兄さんが決して踏み越えようとしなかった一歩の距離があった。その一歩を閉ざす南京錠がぶら下がっていた。

東の山を染める朝焼けが園舎の屋根に向って広がってゆき、夜の名残を空の縁へ押しやろうとしていた。下駄箱や遊戯室の窓やジャングルジムが、少しずつ靄《もや》の中から浮び上がってきた。文鳥の耳飾りの少女の靴はどこだろう。教室の前に細長く延びる、四角い下駄箱の影を見やりながら、ぼんやりと小父さんは思った。フェンスをつかむ手も、耳も、凍えて感覚がなかった。銀杏《いちょう》の木陰、ちょうど〝ことりのおはか〟のあたりには、先週降った雪がまだ溶けきらずに残っていた。その時、誰か職員が出勤してきたらしく、大通りから聞こえてくる自動車の音に混じって、正面玄関で自転車のブレーキ音がした。

「可愛がってもらうんだぞ」

小鳥に向って小父さんは言った。

「そうしょっちゅうは、歌を聴きに来られないけど、お兄さんは変わらず、ここにいるから」

そう言ってフェンスの窪みを撫でた。

「じゃあ、さようなら」

凍えた耳でも小鳥たちのさえずりはよく聞こえた。


小父さんは幼稚園の子供たちからもらった感謝状と記念メダルを庭で燃やした。

『ことりのおじさん、ことりたちのために、いつもこやをおそうじしてくれて、ありがとう』

何度も繰り返し広げて読み直し、すっかり暗記しているはずの文章をもう一度音読した。水色のクレヨンで書かれた〝ことり〟という文字に指を這わせると、「小鳥の小父さん、小鳥の小父さん」と呼び掛けてくる子供たちの声が、耳によみがえってきた。小鳥の中に子供が隠れていたとは思いも寄らないことだった。か細い脚と小さすぎる爪、舞い落ちる羽根と翻《ひるがえ》るスモック、強固な嘴と潤んだ唇。小鳥と子供の姿が順番に浮かび、やがて重なり合い、どちらがどちらか区別がつかなくなっていった。いつの間にか、人差し指が水色に染まっていた。

離れの廃墟に感謝状と記念メダルを載せ、マッチで火を点けるとすぐに燃え上がり、一瞬だけ小さな炎が立ちのぼった。しかし、手をかざして温める間もなく火は消え、感謝状もメダルもチリチリと縮まって灰になり、風に吹き飛ばされていった。火を点ける前より、余計に寒くなったような気がした。

犯人が逮捕されたという記事が新聞に載ったのは、町の人々が噂話に飽き、事件のあらましさえ半ば忘れかけた頃のことだった。犯人は六十二歳の元百科事典セールスマンで、「可愛らしくてつい声を掛けてしまった」と素直に容疑を認め、余罪についても供述をはじめていた。小父さんは犯人の顔写真をじっくり眺めた。しかしどんなに注意深く観察しても、それが見知らぬ男であるのに変わりはなかった。もちろん、虫箱の老人でもなかった。

犯人が捕まってからも小父さんの生活は変わりなく続いていった。幼稚園からの連絡はなく、当然、鳥小屋の係として復活できる気配もなく、南京錠はそこにぶら下がったままだった。小父さんの姿を見て「ことり、ことり」とささやく人も、慌てて目をそらす人も、相変わらずそこかしこにいた。

鳥小屋は急速に以前の姿を失っていった。床にもブランコにも止まり木にも、あらゆるところにフンがこびりつき、餌は湿って変色し、水は藻が浮いたようになっていた。つぼ巣は転がり落ちて本来の役目を失い、土台のブロックは雑草に隠れ、屋根には銀杏の落ち葉が堆積していた。一羽、また一羽と小鳥の数は減ってゆき、がらんとした空洞ばかりが目立つようになった。それでも残された小鳥たちはその空洞を飛び回り、最早相手がいないにもかかわらず、懸命に求愛の歌をうたった。彼らが羽ばたくたびに灰色の羽毛が抜け、それがどろどろになった床に舞い落ちていった。

小父さんにはどうすることもできなかった。痛ましい姿を見たくないと思いながら、どうしても見捨ててはおけないという気持にさいなまれ、結局は何度でも鳥小屋の前に立ってしまうのだった。もしかしたら自分の姿に気づいた園長が、鳥小屋の扱いについて考え直してくれるのではないかと、淡い期待を持ってみたが、全く無駄な試みだった。何十分小父さんがそこに立っていようと園長が姿を見せる気配はなく、むしろ職員室の窓からこっそり様子をうかがったかと思うと、すぐに奥へ引っ込んでしまった。

主を亡くした離れが廃墟になってゆくように、季節を過ぎた鈴虫が干からびてゆくように、鳥小屋は衰弱していった。最後の一羽が死んだのは、長かった冬が去り、卒園式が終わって間もなくの頃だった。〝ことりのおはか〟の土が柔らかく黒ずんでいたので、たぶん無事に葬られたのだろうと分かった。小鳥のいない鳥小屋はとても貧相に見えた。ほどなく、入園式の前に鳥小屋は撤去され、跡形もなくなった。小父さんにとって唯一の慰めは、この有様をお兄さんが目にしないで済んだ、ということだけだった。

11

鳥小屋が姿を消したあとしばらくして、小父《おじ》さんはゲストハウスの仕事を辞めた。六十歳で定年を迎え、その後は嘱託として勤めを続けていたが、急遽、会社がゲストハウスを手放すことになり、それを機に退職することになったのだった。会社側はごく事務的に契約の更新をしない旨を伝えてきたが、もしかしたら子取り事件と何かしら関係があるのかもしれなかった。しかしもちろん、問い質《ただ》してみたところでどうにもならないと、小父さんにはよく分かっていた。一般に開放されてからのゲストハウスはざわざわと落ち着きがなくなり、居心地のいい職場とは言い難くなっていたし、頭痛の問題も少しずつ厄介になりつつあり、辞めるには丁度いいタイミングだった。

ゲストハウスを売り渡す最後の日、本社の役員や取引先の関係者、出入り業者などを招いてお別れパーティーが開かれた。広間にはさまざまな料理と飲み物が並び、弦楽器が音楽を奏で、玄関ホールの壁は過去ここを訪れた要人たちの写真で飾り付けられていた。誰もが皆お洒落をし、ワインを飲んだりチーズをつまんだりしながらにこやかに語り合っていた。あるグループはバラ園の素晴らしさについて褒め称え、あるグループはゲストハウスと無関係な仕事の話に夢中になり、またある人々はテラスで無口に煙草を吸っていた。一応パーティーは、役目を終えるゲストハウスと、歴代最も長くそこに勤めた管理人に感謝を捧げるためのものだったが、小父さんのことを気に掛ける出席者はほとんど誰もいなかった。その特別な夜も、管理人として幾度となく繰り返してきた接待と同じように小父さんは過ごした。自分の影がお客さんたちの足元を横切らないよう、誰の視界の邪魔にもならないよう細心の注意を払う、体に馴染んだいつもの振る舞い方だった。

ただし一度だけ、司会者に引っ張り出される場面があった。退職の挨拶をするよう、求められたのだ。小父さんはしぶしぶマイクを握り、お辞儀をし、小さな声で一言お礼だけを述べたが、ざわついた広間にいる客たちの耳には届かず、一体何のために彼がそこに立っているのか分からないままの人も大勢いた。「もっと、大きな声で。大きな声で」と、しきりに司会者が合図を送り、弦楽器の演奏者たちはいつ音楽を再開すべきかと、そのタイミングを計りかねていた。

マイクを握り直し、一つ咳払いをし、大きな声を出そうとした次の瞬間、小父さんの喉からあふれ出たのはメジロの鳴き声だった。

「チィーチュルチィーチュルチチルチチルチィー、チュルチチルチチルチチルチュルチィ……」

なぜそうなったのか、小父さんは自分でも説明がつかなかった。大きな声が必要ならば、これ以外に方法はないのだとでもいうように、気がついた時にはもうメジロが歌い出していた。

お兄さんに教えてもらって以来、こんなにも上手く歌えたことはないと思えるほどのさえずりだった。一音一音が天井で弾け、シャンデリアの光と溶け合ってあっという間に広間中に響き渡った。小刻みに震える舌は微妙なニュアンスを生み出し、節は滑らかに回り、息はどこまでも長く続いていった。

ざわめきが止み、人々は自然と耳を澄ませたが、何が起こったのかすぐには理解できない様子だった。本物の小鳥がどこかから迷い込んできたのだろうかと、窓の方を振り返る人もあった。ほどなく、目の前にいるこの男が何やら隠し芸でも披露したらしいと気づいた幾人かが手を叩き、それがパラパラと伝わって、どうにか拍手の体を成していった。メジロの勢いにはとても及ばない、心もとない拍手だった。その合間に、「ことり、ことり」というささやき声が忍び込んでいた。小父さんはマイクを司会者に返し、人々の視界から外れた場所へと戻っていった。メジロの歌の最後の響きが消えるか消えないかのうちに再びざわめきが戻り、すぐに皆、小父さんのことを忘れてしまった。

テラスから庭に出た小父さんは東屋《あずまや》を目指した。幸いそこには誰もいなかった。広間から漏れてくる明かりと、いくつかの庭園灯と、空には小さな三日月があったが、バラ園は夜の静けさに包まれて、盛りの花も暗がりの中でうつむいていた。耳にはまださえずりの余韻が残り、舌は痺《しび》れたままだった。何も考えず、小父さんはただじっと座っていた。お兄さんと喧嘩をして初めて昼休みに家に帰らなかった日のことや、お兄さんが死んで、毎日一人でパンを食べた日々のことや、司書と一緒に渡り鳥の話をしたことや、あらゆる記憶がよみがえってはいたが、心はしんとしたままに保たれていた。音楽もざわめきも東屋に届く前に夜空へ吸い込まれ、小父さんの耳に響くのは野鳥や幼稚園の小鳥や渡り鳥たちの愛らしい鳴き声ばかりだった。それに耳を澄ませてさえいれば、小父さんは大丈夫だった。慣れ親しんだ職場を離れる感傷にさいなまれたり、もう二度と会えない人を思い出して悲しんだりする必要はなかった。

「もしよろしかったら……」

不意に声がして振り返ると、サービスの女性が一人立っていた。

「お一つ、いかがですか」

彼女は手にしたトレイを差し出した。そこにはチョコレートが並んでいた。

「ありがとう。でも私はチョコレートを食べないのです」

と、小父さんは言った。

「そうですか。それは失礼しました」

礼儀正しくそう言って、女性は遠ざかっていった。暗闇の中にほんのひととき甘い香りが立ち上ったようでもあったが、ただの幻かもしれなかった。

翌日からゲストハウスは改装工事に入り、やがてレストラン兼結婚式場になった。小父さんがそこに足を踏み入れることはもう二度となかった。


仕事を辞めてから小父さんの頭痛は少しずつひどくなっていった。できるだけ鎮痛剤は飲まないでおこうと決心しても、つい痛みに負けて、規定の量に一錠、また一錠と追加してしまうことが増えた。いつしか湿布はひとときも手放せないお守りになっていた。出掛ける時も寝る時も、小父さんは四六時中それをこめかみに貼り、少しでも薄荷の成分が薄れるとすぐに新しいのと取り替えた。皮膚が赤くかぶれ、時には皮がはがれてじゅくじゅくしたりしたが、そんな痛みなど頭痛とは比べようもなく、むしろそのヒリヒリとした感じが頭の痛みを紛らわせてくれるようで、構わず同じ場所に湿布を貼り続けた。

暇があれば小父さんは湿布をこめかみのサイズに合わせてハサミで切り、昔ポーポーの包装紙入れだった紙箱に溜め込んでいった。ストックが減ってくるとたまらなく心細くなり、それだけで痛みが増してくる気がした。一日に何度も紙箱を開け、枚数を確かめ、その数に満足できない時はすぐに青空薬局へ自転車を走らせた。

しかしだからと言って、湿布に効き目があるわけではなかった。皮膚のかぶれと同じように薄荷のにおいが痛みを誤魔化しているに過ぎず、小父さんも自分でそのことはよく承知していた。にもかかわらずどうしても湿布を手放せないでいた。仕事を辞め、鳥小屋の掃除を取り上げられ、いまや小父さんにとっては、湿布を買いに行き、こめかみに合う丁度いい大きさに切り、箱に仕舞っておくという以外、するべき用事が他に何もなかった。湿布に関わっている間だけは、必要な何かを為しているのだという気分を、ほんのわずか味わうことができた。

「だから、中央病院に行くのよ」

青空薬局の店主は繰り返し何度でも同じ忠告をした。

「名医なの。薬品会社の人もお客さんも皆そう言ってる。ついこの間もパン屋のおじいちゃんが原因不明の腹痛で倒れて、あそこの内科に担ぎ込まれたんだけど……」

ひとしきり中央病院について宣伝したあとでなければ、店主は棚から湿布を取り出してくれなかった。

いよいよ決心をして小父さんが中央病院へ行ったのは、本気で頭痛を治すためというより、行かないままではいつか店主が湿布を売ってくれなくなるのでは、という恐れのためだった。

「で、どうだった？」

「どこにも悪いところはないと言われました」

「えっ、本当？」

「はい」

嘘ではなかった。レントゲンを撮ったり血や尿を調べたりしたあと医者が言ったのは、「どこも悪くありません」の一言だけだった。昔お兄さんが言語学者のところでテストを受けた時と同じくらい、あっさりとした診断だった。けれど小父さんは心のどこかでその結論を予測していた。ポーポー語がお兄さんの心の一部であったように、自分の頭痛も分かち難く脳に寄生し、最早それだけを切り離すのは不可能な気がした。

「睡眠をよく取って、栄養のあるものを食べて、老眼鏡を作り直して、あとは軽い体操をすれば良いそうです」

「ふうん」

店主は納得がいかない表情を浮かべた。

彼女は母親である前店主の歳を超えてすっかり老人になっていた。三代目として店を託せる子供がいるのかどうか、小父さんは何も知らなかった。店主は小父さんの頭痛より深刻な腰のヘルニアを患い、最早長い時間立っていることができず、座布団を重ねた木の椅子に腰掛けていた。背中は湾曲し、歯が抜けて顎が尖り、耳は遠くなって客の注文を聞き返すのもしばしばだった。それでも長年培《つちか》った勘は健在で、一旦薬の名前を確認すればすぐさま腰を浮かせ、目指す棚に的確な角度で体をひねることができた。

「いずれにしても」

と言いながら店主は椅子をずらし、湿布のある棚に向って真っ直ぐ手をのばした。今や彼女が最も素早く取り出せる商品が小父さんの湿布になっていた。

「キャンディーだろうと湿布だろうと、あんたたち兄弟はうちで買い物をする定めなんだね」

「そうかもしれません」

カウンターに置かれた湿布を小父さんはしみじみと眺めた。ただ商品名だけが印刷された素っ気ない箱だった。この箱から、小鳥ブローチのような意味深い何かを作り出すことなど自分にはとてもできない、と小父さんは思った。

痛みはいつも不意打ちでやって来た。狂った巨人が頭蓋骨の中でハンマーを打ち鳴らしているかのように、痛みが響き合い、共振し合いながらみるみる増幅していった。小父さんにとって痛みは音だった。そこには旋律もリズムも和音もあったが、すべてが調子外れのうえに、過剰で独りよがりで、手加減がなかった。耳をふさいでもただ巨人がいっそう奥へ潜り込み、勢いを増すだけの話だった。

耳を澄ませるのは得意でも、自分の頭の中にある音を聞かないでいるのはとても難しかった。小父さんは自分が虫箱になったかのような錯覚に陥った。小さな暗闇の中に、いつうごめき出すか知れない音の塊が潜み、その時を狙っている。一旦響き出せば止める方法はなく、いつ果てるのか誰にも言い当てられない。暗闇を解き放とうとしても、蓋の開け方を知っている唯一の人物、あの蝙蝠《こうもり》傘の老人はどこかへ姿を消したきり、二度と姿を現わさない。

老人が処女の脂を虫箱に塗っていたように、小父さんは自分の頭に湿布を貼った。薄荷のにおいが鼻から鼓膜へたどり着き、ほんの少しだけ痛みの振動を和らげてくれた。湿布を貼ると目をちゃんと見開いていることができず、普段にも増して顔がうつむき加減になり、視界が狭まった。自転車で町を走る時も、スーパーで買い物をする時も、公園のベンチに座っている時も、自分の足先を見ている時間が一番長かった。自分の足先がどんな形をしているか、目をつむっていても詳細に思い描けるほどだった。小父さんの住む世界はどんどん縮小し、他の誰かが足を踏み入れるスペースはほとんどなく、たまに目を向ける人があったとしても、彼らは例のごとく「ことり、ことり」とささやくに過ぎなかった。ことり、が何を意味するのか最早皆の記憶があいまいになったあともずっと、小父さんはことりの小父さんであり続けた。

朝起きると小父さんはまずパジャマのまま庭に出て、廃墟のバードテーブルを綺麗にし、新しい餌を補給する。季節が変わるごと、穀類や果物や牛脂やナッツ類の配合を工夫し、時にはおやつとしてカステラの欠けらを奮発してやる。それから庭を歩き、野鳥たちの運んだ種子が芽を出していないか、彼らの好む木の実がどれくらい実っているか見て回る。新聞を取って家に戻ると、湿布を貼り替える。自分のための朝食は野鳥たちほどに凝ってはいない。湯を沸かし、紅茶を淹《い》れるだけだ。それも薄荷のにおいのために香りはかげず、白湯《さゆ》を飲んでいるのと変わりない。夜が来るまでの長い時間、ある日は図書館へ行く。分館ではなく町の真ん中にある本館の方だ。気がつかない間に分館は閉鎖され、社会保険事務所の看板が掛かっている。相変わらず鳥の本を借りる。膨大な書物の中からいくらでも鳥を救い出すことができる特別な才能は、いまだ輝きを放っている。ただその才能を褒め称えてくれる人が誰もいないというだけだ。貸し出しカウンターに本を差し出す時、足先に落とした視線を恐る恐る上げて司書の様子をうかがい、その人があの司書ではないことをつい確かめてしまう癖は、いつまで経っても治らない。

また別のある日は河川敷の公園で過ごす。くだらない用事のために銀行や役所へ行く。もちろん青空薬局へ行く。幼稚園の鳥小屋に続く路地を通らないで済むよう、道順に気をつける。家にいる間は本を読み、ラジオを聴き、缶詰のスープを温める。お兄さんが死んで以来ずっとご無沙汰だった架空旅行を復活させ、詳細な行程表と持参する品のリストを作成する。荷物を詰める係はもういないので、リストをホッチキスで留め、机の引き出しに仕舞うところで旅行は終わる。

ごくたまに訪問者が現われる。荒れ放題の庭が不衛生だ、どうにかしてほしいと町内会長が苦情を言い、空き家と間違えて酔っ払いが入り込み、葬式の積立貯金を勧めに葬儀会社のセールスマンが呼び鈴を押す。彼らが出ていってくれるまで、小父さんは黙って成り行きに任せる。

一旦頭痛がはじまると、それを鎮めることばかりに手を取られてしまう。湿布の他にもう一つ頭痛を和らげる方法は、小鳥の歌を聞くことだ。南側の掃き出し窓を開け、外の空気に頭を晒《さら》し、バードテーブルに小鳥たちが集まってくるのを辛抱強く待っている。けれどいつまで待っても一羽も姿を見せてくれない時は、仕方なく一人、メジロの鳴き真似をする。そんなふうにして小父さんの一日は過ぎてゆく。

申し分のない青空に恵まれた、珍しく頭がすっきりとして気分のいい、春の盛りの朝だった。痛みがなかったせいかいつもより一時間ほど目覚めるのが遅く、既に寝室には朝日が差し、バードテーブルからは小鳥たちの気配が聞こえていた。あのチーチーという甘い声はメジロだろう、昨日刺しておいたリンゴをついばんでいるのかもしれない、とベッドの中でぼんやりしている時、何か異質な音が混じっているのに小父さんは気づいた。地鳴きともさえずりとも違う、小鳥の声かどうかもはっきりしない、不穏な気配だった。

そのありかを探すため、余計な物音を立てないよう注意しながら階段を降り、居間を横切って南向きのカーテンを開けた。案の定、満開のハナミズキの間を飛び回り、花弁を揺らしているメジロたちの姿が目に入ってきた。彼らの声に紛れ、目指す音は今にも消え入りそうだったが、間違いなく、手をのばせばすぐ届きそうなところにあった。

小父さんは掃き出し窓を開けた。ステップになったコンクリートの台の、サンダルに足を入れようとした瞬間、そこでうごめいている何かを見つけた。慌てて小父さんは足を引っ込め、その場にひざまずき、サンダルごと抱き上げた。

「何て小さいんだ……」

と思わず口に出さないではいられないほどに、それは小さかった。サンダルの土踏まずの、わずかにカーブしたそのへこみに上手く体が納まっていた。小さい、という言葉以外、私には他に何も必要ではないのです、と自らそう訴えているかのようだった。しかしどんなに小さくても、小父さんにはそれがメジロの幼鳥だと分かった。

窓にぶつかり、そのまま落下したらしく、ガラスの上方にわずかな血と抜けた産毛が張り付いていた。もし直接コンクリートの上に落ちていれば、もっとひどいことになっていたかもしれなかった。履き古したサンダルのゴムの中敷が丁度いいクッションになって、メジロの子供を受け止めていた。

不意に体が浮かび上がり、危険を感じ取った様子のメジロは懸命に飛び立とうとしていたが、頭をガラスにぶつけたために神経が麻痺《まひ》したのか、あるいはどこか関節を痛めたのか、脚は痙攣《けいれん》して踏ん張りが利かず、羽はただガサガサと音を立てるばかりだった。その間にも嘴《くちばし》を開き、仲間を呼ぶように細く高い鳴き声を漏らしていた。しかしハナミズキに群れるメジロたちは花の蜜を吸うのに夢中で、小父さんの手の中にあるものには、見向きもしていなかった。

「大丈夫だ。怖がらなくていい」

と小父さんはささやき、触れるか触れないかというほどにそっと羽を撫でた。嘴から尾羽の先まで、体はいともたやすく片手の中に隠れた。

「無茶をしないで」

よく見ると頭頂部に血のにじんだ跡があった。それ以外、目立った傷はないようだった。人の気配を感じたメジロはいっそう喉を振り絞り、悲鳴に近い声を上げ、少しでも体を浮かせようとして首を細く伸ばした。

「ようし、よし、よし」

小父さんはメジロを両手の中に掬《すく》い取った。かつてこれほどまで慎重に、震える心で、何かに触れたことは一度もなかった、と小父さんは思った。それはあまりに軽く、柔らかく、油断すれば一瞬でばらばらになってしまいそうであるのに、とても温かかった。その温かさだけが、目の前の小さな塊が生きていることを証明していた。

初めて間近で見るメジロは思いの外複雑な色合いをしていた。背から喉元にかけてはほのかな黄緑が広がり、羽には暗い褐色が混じり、腹は白っぽく、それらの色がごく自然に一つに溶け合っていた。光の加減や見る角度によって、何色とも言い切れない微妙な印象を残した。決して派手ではなく、樹木の中に馴染む落ち着きを持ちながら、同時に愛らしさがあった。

ただ、幼稚園の鳥小屋で見慣れた小鳥たち同様、嘴だけは別物だった。それは羽のしなやかさともさえずりの甘さとも無縁で、あくまでも強固だった。勢いよく前へ突き出し、先は尖り、黒光りしていた。

しかし何より大事なのは、誰かが細い筆でくるりとなぞったような、目の縁の白い輪っかだった。メジロの名前のとおりにそこは、混じりけのない白色をしていた。文鳥の赤い輪と綺麗に対をなしていた。

無駄に羽を動かして消耗しないよう両手をすぼめてやると、いくらかメジロは落ち着きを取り戻し、悲鳴を上げるのを止め、白い輪に守られた瞳で小父さんの方を見た。焦点を合わせるように、思案を巡らせるように小首をかしげ、小父さんの目に向って一筋の視線を向けてきた。水の一滴よりも小さく、けれどどこまでも深く黒い瞳だった。

にわかに小父さんは忙しくなった。まず納戸から段ボール箱と古い毛布を引っ張り出し、とりあえずその中でメジロを休ませ、次に電話帳を繰って動物病院の場所を調べた。病院が開くまでの間、お兄さんの本箱から小鳥の育て方が書いてありそうな本を見つけ出し、取り急ぎ大事な項目だけを拾い読みしたあと、水を与えるのに適当な入れ物を探して台所をうろうろした。新たな段ボールの寝床に驚いたメジロは毛布の皺《しわ》の間に足を挟まれながら、再びピーピーチーチーと鳴き出した。

「よし分かった。もう少しの辛抱だ」

小父さんが段ボールを覗き込み、そう話し掛けると一瞬大人しくなったが、その場を離れるとすぐにまた抗議の声を上げた。

万が一上から覆いかぶさって窒息するようなことがないよう、毛布をあれこれ工夫して折り畳み、段ボールの底に敷き詰め、蓋を閉めて自転車の荷台にくくり付けた。動物病院は元ゲストハウスのすぐ近くにあった。通い慣れた道ではあっても、何かの拍子に蓋の隙間から外へ飛び出さないか、振動で傷が余計ひどくならないか、気が気ではなかった。急がなければならなかったが、慌ててはいけなかった。もちろん迷わずに小父さんは近道の幼稚園の路地を通った。鳥小屋の跡も銀杏《いちょう》の根元のお墓もフェンスも目に入らないまま、そこを走り抜けた。錆《さ》びた車輪の音とメジロの声を背中で聞きながら、小父さんはペダルを漕いだ。

メジロは左の翼を骨折していた。獣医師はメジロをなだめ、押さえ付け、翼を正しい位置に折り畳んで二箇所、胴体ごとテープを巻いて固定した。手当ての間獣医師は、脳震盪《しんとう》を起こしたようだからしばらく安静にして、消化の良い餌をやるように、と言った。原始的で荒っぽいやり方に小父さんはひやひやしたが、メジロは案外苦痛な様子も見せず、むしろ痛めたところを動かさなくても済むようになった分、清々とした気分になったようだった。治療が終わった途端、鳴き声は野鳥らしい地鳴きに戻り、二本脚で診療台の上を飛び跳ねながら、爪をカリカリいわせた。

帰り道、青空薬局に寄ってスポイトと粉ミルクを買った。

「あら、珍しい」

店主は驚いた声を上げた。

「キャンディーでも湿布でもなく、スポイトと粉ミルクなんだね」

粉ミルク、の一言により力が込められていた。

「はい」

「どうしてまた」

「あの、すみません。ちょっと急ぐんです」

メジロは自転車の荷台にくくり付けたままだった。

「ああ、ごめん、ごめん。まあ、人にはそれぞれ事情があるよ。で、生後何か月？　それによって種類が違ってくるからね。そこに並んでいる粉ミルクの中から合ったのを選ぶといい。スポイトはたぶん、このあたりにあったはず……」

店主は不自由な腰を伸ばし、精一杯背伸びをして棚の一番上にある箱を引っ張り下ろした。一緒に埃が降ってきた。

「プラスチックの安物だけど、これで用が足りるかい？　昔は実験室で使うガラス製の立派なのがあったんだけど、どこかにいってしまって見当たらないねえ」

「いえ、これで十分です」

「湿布はどうする？　今日はいらないの？」

店主は念押しした。本当はそろそろ一箱補充しておきたい頃合いだったが、一刻も早く家に戻りたい気持の方が強かった。

「はい、また今度にします」

そう言い残して小父さんはスポイトと粉ミルクの入った袋を前籠に押し込め、急いで自転車にまたがった。昨夜から貼り替えていないこめかみの湿布がすっかり乾ききり、何のにおいもしてないことに、小父さんは気づいてもいなかった。

翼をぐるぐる巻きにされたメジロは、鳥になる途中で手違いを起こしてしまった生き物のような、どこかしら滑稽《こっけい》な姿になっていた。歩くにしても跳ねるにしても脚の運びは覚束なく、体の輪郭はバランスが崩れ、か弱さがいっそう際立った。ただ飛べないことがはっきりしているおかげで、段ボールの中へ入れてさえおけば、ひとまず逃げ出す恐れはなかった。ようやくメジロは毛布が暖かくて安全なものだと理解したようだった。しばらくは神経質そうに段ボールの隅を突《つつ》いていたが、やがて一番居心地のいい場所を見つけてそこにうずくまった。それでも目だけはまだ、警戒と興味のためなのか、クルックルッと動いていた。

段ボールを食卓の上に置き、メジロから目を離さないようにして小父さんは餌の用意をした。バードテーブル用に買い置きしている粟をすり鉢ですり、粉ミルクを一匙《さじ》ふりかけ、お湯で溶かしてかき混ぜた。そのとろとろとしたものを少し手の甲に載せ、熱すぎないことを確かめてからスポイトに吸い上げた。

餌をやるのは小父さんが考えるよりずっと難しかった。粟《あわ》をすり潰《つぶ》したり粉ミルクの缶を開けたりしている時から既にメジロは食べ物の気配を感じ取り、そわそわしはじめ、これまでとは明らかに違う鳴き声を上げた。手間取る小父さんを急かし叱咤するように、嘴を大きく開き、規則正しく明瞭な声を部屋中に響き渡らせた。聞く者を、どうしても放ってはおけないという気持にさせる鳴き方だった。

ようやく準備を整え、小父さんは右手にスポイトを持ち、左手にメジロを抱いた。空腹は頂点に達し、もう自分でも制御できない様子だった。脚はじれったそうに掌《てのひら》を引っかき、テープの下の羽はもそもそと動き、嘴の奥には、今か今かと飲み込む気満々の舌が、それ自体もう一つの意思を持っているようにうごめいていた。

「焦るな。焦るんじゃない」

小父さんはメジロと自分、両方に言い聞かせた。

最初の一押しは嘴からはみ出すくらいに思いの外多くあふれ、それを勢いよく飲み込もうとしたためにメジロはむせ、いかにも苦しそうにえずいた。せっかくの餌は胸元に垂れ落ちてしまった。

「おい、大丈夫か」

慌てて小父さんは背中を撫でたが、メジロはお構いなしだった。それどころか、「ぐずぐずしている暇はない、もっと、もっと」と更に高らかに催促した。

メジロの体を握る左手、スポイトをつまむ指先、その先をあてがう角度、細々としたところすべてに小父さんは神経を集中させた。額は汗ばみ、湿布は半ばはがれかけていた。餌を上手く嘴の中に流し込むには、メジロと呼吸を合わせる必要があった。スポイトを嘴のどれくらい奥まで差し込み、鳴き声のどの切れ間で餌を押し出したら無駄なくスムーズに飲み込めるか、小父さんは少しずつコツをつかんでいった。メジロの呼吸のリズムに目を凝らしているうち、いつしか自分がスポイトの中身を飲み込んでいる気分になり、口の中がドロドロしてくるようでさえあった。

三分の一ほどこぼしてしまったが、どうにか全部を食べさせ終え、ほっとしてスポイトを置いた途端、メジロは全身を突っ張らせながら猛然と苦情を申し立てた。

「なぜ止める。誰が終わりだと決めた。まだこれからじゃないか。さあ早く。急いで。もたもたしている場合じゃない」

お兄さんの言葉が分かったのと同じように、小父さんにはメジロの言っている意味が分かった。あらかじめ小父さんの中に用意されていた場所へ鳴き声が届き、約束のとおりそこへ納まって、何の無理もなかった。

小父さんはまた最初から餌を作り直した。一度にたくさん作るわけにはいかないのだった。親鳥から口移しで餌をもらう幼鳥は冷たいものを食べない、とお兄さんの本に書いてあったからだった。

「分かった。餌は十分ある。心配しなくてもいいんだ」

一生懸命小父さんは言い聞かせたが、メジロはスポイトの先が嘴の中に入ってくるまで、決して催促の手を緩めなかった。

際限なくメジロは餌を欲しがった。だんだん小父さんは怖くなってきた。喉の奥に一体どれくらいの暗闇が隠れているのだろうかと、途方もない気分に陥った。心なしか左手には、最初の頃と比べ、おぼろげな重みが加わり、テープの間から膨らんだ腹がはみ出すようになってもまだ、要求は続いた。メジロは夢中だった。目一杯全身を使い、餌を飲み込み続けていた。絶えず舌をうねらせながら、少しでも小父さんが手を止める気配があればすぐさま行動を起こせるよう、目を光らせていた。

突然、メジロが「グエッ」と餌を吐き出した。それが一応の満腹のサインだった。

「もう、いいんだな」

暗闇が無限でないことにほっとして、小父さんは一息ついた。メジロの体も小父さんの手もすっかり汚れていた。傷にばい菌が入らないよう濡れたタオルで何度も体を拭き、ようやく段ボールに横たえるとたちまちメジロは、気持よくフンをした。

12

小父《おじ》さんが最も近くにメジロを感じるのは、夜ベッドに入り、目をつむっている時だった。寝室の隅に置かれた段ボールは暗がりに包まれ、お腹が一杯になったメジロはぐっすりと眠りに落ちている。昼間あれだけ忙しく働いた目も舌も動く気配はなく、嘴《くちばし》は閉じられ、尾羽は下を向いている。毛布は傷ついた翼を優しく包み、段ボールは高くそびえ、安全の中にメジロを隠している。

それでも小父さんは、その生き物が発する気配を十分に感じ取ることができる。催促の鳴き声とは似ても似つかない遠慮深い寝息も、それに合わせて上下するぷっくらと膨らんだお腹も、毛布に染み込む体温も、まぶたの裏に浮き上がってくる。目を閉じているはずなのに、いろいろなものが見えてくる。心臓の音さえ聞こえてきそうな気がする。メジロの心臓は銀杏《ぎんなん》くらいの大きさだろうか。掌《てのひら》で転がしていると、思わず口に含んでしまいたくなるような大きさだ。ゼリー状の膜に覆われて、それが薄桃色に透けて、ピクンピクンとつぶやくように鼓動している。そのつぶやきに小父さんは耳を澄ませる。自分以外の何者かが、自分のそばにいる。その事実を小父さんは改めてかみしめた。

お兄さんが死んで以来、久しぶりによみがえる感覚だった。お兄さんに比べればほとんどないに等しい体積しか持たず、片手で握りつぶせるほどに呆気なく、血もつながっていなければ人間ですらないそれが、なぜこれほどまで深く自分の心に入り込んでくるのか、不思議でならなかった。その不思議は小父さんを、痛みのない眠りへと導いてくれた。

獣医の見立てによれば、骨がつながり飛べるようになるまでには三週間ほどかかるらしかった。生活はいっぺんにメジロを中心に動き出した。四時間おきに、真夜中にも餌をやり、獣医に教えられたとおりテープを巻き直し、しょっちゅう毛布を洗濯して日光消毒した。早朝メジロの鳴き声と共に起き、夜、メジロと一緒に眠った。

お兄さんが生きていればどんなによかっただろう、と幾度となく小父さんは思った。小鳥を飼うことをきっぱり拒否したお兄さんではあるけれど、こういう非常事態になれば、必ずや他の誰にも真似できない手つきで、まるで世界に一人の、小鳥専用の看護人のようにメジロを手当てできたはずだった。

しかし感傷に浸っている暇はなく、お兄さんより不器用であろうとなかろうと、その時必要なことを為すしかなかった。何よりもまずメジロが優先だった。頭痛もまた例外を許されず、あっさりと小父さんは湿布を貼るのをやめてしまった。薄荷のにおいをメジロが嫌がるからだった。

世話が一段落したあとでも小父さんは、段ボールの中をじっと眺めていた。台所仕事がある時は食卓に、本を読む時は勉強机に、ラジオを聴く時は居間のテーブルにそれを持ち運び、何かあった時はすぐ様子がうかがえるようにしていた。空腹さえ満たされればメジロは決して無理なことは言わなかった。不自由な格好をさせられているにもかかわらず不服を漏らすでもなく、癇癪《かんしゃく》を起こすでもなく、自分なりに習得したバランスで機嫌よく歩き回り、嘴で毛布の皺《しわ》一つ一つに探りを入れ、飽きると丸くなって休憩した。時々悪戯《いたずら》がしたくなり、お兄さんの小鳥ブローチを近づけてみたりした。記念すべき第一作のレモンイエローのブローチだった。最初こそメジロは警戒して片隅に避難したが、すぐに好奇心に負けて首を伸ばし、一歩一歩近寄り、遂には頭から羽から裏側の安全ピンまで全身を突きはじめた。「お前、こんなに悠々と羽を広げて、生意気だぞ」と文句をつけているように見えた。小鳥ブローチは澄ました顔でされるがままになっていた。

そんな姿を見ていると、知らない間にどんどん時間が過ぎていった。二人の間にはフェンスも鳥小屋もなかった。幼稚園の小鳥たちよりもずっとひたむきに、メジロは小父さんを必要としていた。

メジロは始終鳴いた。餌を欲しがる時の我を忘れた叫びとは別に、天気のいい午前中、特に仲間たちがたくさん庭に集まってきた時、小鳥らしくチッチッ、ギッギッ、チーチーと何かしら声を発していた。あるいはラジオから流れてくる音楽に対抗し、競うようにして鳴くこともあれば、静寂の中で、見えない誰かに向って一人語り掛けていることもあった。その声は家中の隅々にまで行き渡った。最近は滅多に開ける機会もない、埃が溜まり放題の両親の寝室や、父親が本を詰め込んでそのままになっている飾り戸棚に、生き物の空気が吹き込まれた。

メジロを置いて外出するのはひどく辛いことだった。衛生面から新しいスポイトが必要になったり、郵便局へお金を下ろしに行くような時は、心配でたまらなかった。具体的に何が心配なのか自分でも上手く説明できないのだが、テープでぐるぐる巻きにされたメジロが一羽、家に取り残されていると思うだけでいたたまれない気持に陥った。小父さんは最短の時間で移動できるよう目一杯自転車を漕ぎ、テキパキと用事を済ませ、息を切らしながら玄関に駆け込んだ。段ボールを覗くと当然のようにメジロはそこにいて、

「一体どうしたんです？　そんなに慌てて」

とでも言いたげな目で小父さんを見上げた。

われていなかった。

「変わりはないか？」
「いいえ、何にも」
　小父さんをもっとよく見ようと、メジロは何度も右に左に首をかしげた。どんなに翼が傷ついていようとも、空を飛べなくても、鳥の利発さを証明するこの仕草だけは損なわれていなかった。

　みるみるメジロは回復していった。足取りはしっかりとし、体つきはころんと丸みを帯び、頭頂部の傷はふさがって新しい毛に覆い隠されていた。食事の間隔が長くなって夜中に起きなくてもすむようになった分、一回の量は増えていった。それに合わせて餌の配合も変化させ、粟にボレー粉と青菜をより多く混ぜるようにし、時々リンゴの果汁でふやかしたカステラを与えた。無我夢中で食べているように見えながら、初めての味が混じるとメジロは一瞬躊躇《ちゅうちょ》し、舌を引っ込め、安全かどうか慎重に考えた。しかし一旦安全が確認されれば、あとは一直線に突き進んだ。特にカステラは大好物になった。今までどこにこれを隠していたのだ、と責め立てるように上目遣いで小父さんをにらみ、スポイトごと飲み込む勢いでお代わりを要求した。

「さあ、落ち着くんだ」

「誰も横取りはしない」

「よしよし、いい子だ」

「美味しいか？」

絶えず小父さんは独り言をつぶやいていた。いやこれは独り言ではない、メジロに話し掛けているのだと自覚し、更に、無意識のうちにポーポー語を使っているのに気づいて自分でも驚いた。確かに小父さんはポーポー語を理解してはいたが、その使い手ではなく、お兄さんが死んで以降、それを耳にする機会を失っていた。にもかかわらずメジロを前にした時口から自然に発せられたのは、懐かしいポーポー語だった。お兄さんと同じような長い文節を操れるわけではないにしても、一つ一つの単語は正確によみがえってきた。小父さんはポーポー語を決して忘れてはいなかった。

小父さんが喋ればメジロは必ず声のする方に顔を向けた。無視したり聞こえない振りをしたりうんざりした表情を浮かべたりすることは、一度としてなかった。そこに声を発する誰かがいる限り、自分にはそれを聞く義務があるのです、とでもいうような態度を示した。

餌の用意をするのにもう小父さんはもたもたしたりしなかった。濃度も分量も温度も勘で測ることができたし、左手で体に触れれば自動的に、メジロが最も安心する力加減でそれを抱き上げることができるようになっていた。

「さあご飯だ」

ご飯、このポーポー語をメジロは一番に覚えた。ラジオからどんなに賑やかな音楽が流れていようと、庭でどれほどたくさんの野鳥たちがさえずっていようと、その一言に秘められた魅力的な響きを、メジロは決して聞き逃さなかった。さあご飯だ、と口にするたび小父さんは、まるで自分が響きの魅力を操る張本人になったかのような、誇らしい気分になった。

万が一にも小父さんがスポイトを差し込む場所を見間違えないよう、メジロは大きく嘴を開け、舌をうねらせて合図を送る。

「ここです。ここ。ここですよ」

小父さんは一度スポイトの先で嘴の縁に触れ、間違えたりしやしない、という合図を送ってから、下の嘴に沿ってそれをほんのわずか奥へ滑らせる。柔らかい口の中を傷つけないよう注意を払いながら、舌の動きと、鳴き声の合間を見計らい、適切な量を人差し指と親指で押し出す。メジロは喉を上下させ、一滴でも無駄にしたくないという熱心さですべてを飲み込む。暗闇を滑り落ちてゆく餌の感触が、小父さんの掌にも伝わってくる。

再びメジロが嘴を開ける。同じ動作を小父さんは繰り返す。嘴、舌、指先、掌、互いの体が合図を送り合い、了解し合い、スムーズに一つの流れを作ってゆく。どこにも無理はなく、ためらいもなく、メジロが小父さんの掌の一部であるように、あるいは小父さんの指がメジロの一部であるかのようにさえ見える。

時折、二人は目配せを交わす。ポーポー語さえ必要としない一瞬が二人の間に流れる。白い縁取りの奥は、ただ黒々としているばかりなのに、小父さんにはそこに、自分が映し出されているのがよく分かる。

メジロは待っている。小父さんが自分のために与えてくれるものを、瞬きもせずに待っている。

メジロを救出した日と同じくらいよく晴れた、暖かい朝だった。居間の窓辺に置かれた段ボールには朝日が差し込み、庭木の葉は濃い緑色に光り、バードテーブルにはいつになくにぎやかな野鳥たちが集まっていた。ソファーで新聞を読んでいた小父さんはふと、段ボールの中から聞こえてくる鳴き声が昨日までと少し違うのに気づいた。明らかに地鳴きよりは長く、しかしまとまりには欠け、どこか不鮮明だった。最初、元気がないのかと心配したが、外に向って訴える口調ではなく、むしろ自分自身に問い掛けているような思慮深い雰囲気を帯びていた。小父さんは新聞を閉じ、段ボールを覗き込んだ。メジロは小父さんには気づかず、段ボールの片隅に顔を向け、うつむいたり首を傾けたりしながら鳴いていた。窓の向こうでは、幼鳥のたどたどしい声など気にも留めず、野鳥たちが気ままに飛び交っていた。

さえずろうとしているのだ、求愛の歌をうたおうとしているのだ、と小父さんは悟った。メジロが雄か雌か、なぜこれまで考えてみようともしなかったのか自分でも不思議に思ったが、彼は雄だったのだ。

お手本となる野鳥たちのさえずりがよく聞こえるよう、小父さんは窓を開けた。しかしあいにくバードテーブルにメジロの姿はなく、ヒヨドリが甲高い声を張り上げている以外には、スズメが目立つばかりだった。それでもメジロはどうにかしてメジロの歌をうたおうとして、傷が癒えたばかりのその小さな頭で懸命に考えていた。彼が思い出そうとしている歌が、サンダルの上に落ちる以前、親に教わった記憶の中にあるのか、それとも産まれる前から体のどこかに隠されているものなのか、小父さんには分からなかった。しかしいずれにしても、それを歌うべき時期が近づいていることだけは確かだった。

しばらく迷ってから小父さんは、メジロの鳴き真似をした。自分の行為に自信が持てないまま、昔お兄さんに教えてもらったとおりに喉を絞り、舌を震わせ、すぼめた唇から息を吹き出した。

「チィーチュルチィーチュルチチルチチルチィー、チュルチチルチチルチュルチィー」

すぐさまメジロは小父さんを見上げ、もっとよく聞こうとして近寄ってきた。小父さんはもう一度、更にもう一度と何度でも鳴いてみせた。それをなぞるようにしてメジロは声を出したが、音程がぶれたり中途半端なところで途切れたり、なかなか上手くいかなかった。小父さんはメジロを導き、傍らに寄り添い、励ました。失敗してもメジロは諦めず、お手本を見失わないよう、また最初からやり直した。

「うん。上手だ、上手だ」

少し長い節が歌えると、小父さんは褒めた。そのたびに、お兄さんに鳴き方を教えてもらった時、褒めてもらった喜びがよみがえってくるようだった。

「上手。上手」

もちろんメジロもこのポーポー語を理解した。それを聞くといっそう張り切って両脚を踏ん張り、もっとよく聞いてもらおうと背伸びをした。そうやって二人は午前中、一緒に歌をうたって過ごした。

少しずつメジロは上達していった。息が長く続き、その間により多くの回数、節を回せるようになっただけでなく、高低の差がはっきりして音色にも艶《つや》が出てきた。それでもまだ何度かたどたどしくなる場面があり、するとメジロは「あっ、いけない」という表情を浮かべ、誤魔化そうとするようにすぐさまやり直した。上手くいくと頭上を見上げ、褒め言葉を掛けてもらうのを待った。

小父さんが相手をしてやれない時でも、彼は一人で復習に励んだ。その様子に耳を澄ませるのが小父さんは好きだった。もちろん一緒に歌うのは楽しかったが、その孤独な練習には先生でさえ踏み込めない必死さがあり、聞く者の心を鎮める神聖さがあった。これはまだ他の誰かに捧げるほどの歌にはなっていないとよく承知している彼は、お手本を思い出しながら、自分一人だけの耳に向ってさえずった。余計な音が入ってこない片隅で、小父さんと練習している時よりもうつむき加減で、段ボールの壁の一点をじっと見つめていた。

小父さんは邪魔をしないよう、離れたところから様子をうかがった。外の世界にある音ではなく、自分の中にある音を聞こうとしている者がこんなにも賢く見えることに驚きつつ、そっと彼を見守った。

そうこうしている間に骨が順調につながり、テープを外せる日が近づいてきた。

「すぐに外へ放してやった方がいいでしょうか」

小父さんは獣医に尋ねた。

「しばらくは羽を慣らして、飛ぶ練習をして、もう少し体力をつけてからの方が安全でしょう」

近いうちに自然に返してやらなければいけないことはよく分かっていたが、獣医の答えを聞き、それまでの期間にもう少し猶予が与えられたと知って小父さんはほっとした。すぐに小父さんはデパートのペット用品売り場へ行き、鳥籠を買った。実にいろいろな種類の鳥籠があった。一つ一つそれらをすべて見て回り、余計な飾りのついていない、ただ一本止まり木が渡してあるだけの竹製の籠を選んだ。偶然、ミチル商会の鳥籠だった。

〝鳥籠は小鳥を閉じ込めるための籠ではありません。小鳥に相応《ふさわ》しい小さな自由を与えるための籠です〟

ミチル商会の社史にあった一文を思い出すのと同時に、閲覧コーナーの椅子の座り心地や貸し出しカードの形やスタンプの音や「返却は二週間後です」と言う司書の声や、あらゆるものがいっぺんによみがえってきて、鼓動が激しくなった。それらを振り払うようにして鳥籠を抱え、早足にデパートを後にした。

テープが外れ、段ボールを卒業して初めて鳥籠の中に入った途端、メジロは急に鳥らしくなった。すぐさま本来の輪郭とバランスを取り戻し、自由になった羽をバタバタといわせた。これまでの毛布の感触から竹ひごに変わったことに、戸惑う間もなく、全身を伸ばし、両脚を浮かせて今にも飛び立ちそうな勢いだった。

「まあ、慌てるな」

小父さんは言った。

「また骨が外れたら台無しだ」

しかし見たところ、翼は綺麗に元通りになっていた。三週間も固定されていたとは思えないほど伸び伸びと左右対称に広がり、暗褐色の羽の色は精気に満ちていた。

メジロはすぐに鳥籠に馴染んだ。段ボールのことなどすっかり忘れ、もうずっと長くそこをねぐらにしているかのようだった。

「ご覧のとおり、平気です」

早速止まり木の上で乗り心地を楽しみながら、メジロは自慢げな表情を浮かべた。

同時に離乳食は終わりを迎え、穀類やミールワームを一人で食べられるようになった。

いずれ旅立つ時のため、もう二度とメジロには触らないと小父さんは決めた。何かの拍子にたまらなくあの温かみが恋しくなり、つい左手をのばしてしまいそうになっても我慢した。段ボールと違い、籠の入り口は小さく、小父さんの手は甲のあたりまでしか中へ入らなかった。

住まいや餌のことと関係があるのかどうか、鳥籠に移ってからメジロの歌はまた一段と上達した。一音一音を転がすスピードが増し、アクセントのつけ方が絶妙になり、声に甘さが加わった。最初の頃の危なっかしい感じはすっかり消えていた。

午前中の早い時間、二人は毎日練習した。バードテーブルにメジロが集まってくる朝もあったが、彼は集団のさえずりには耳を貸さず、小父さんの歌にだけ付き従った。二人の歌は徐々に近づき、ひととき溶け合い、分かち難く一つのメロディーを奏でた。

「今、上手くいきましたね」

そんな時メジロはクルリと瞳を動かし、合図を送ってきた。小父さんはうなずいてそれに答えた。二人だけの間に、暗号が通じ合う瞬間だった。

〝孤独な練習〟も熱を帯びてきた。お手本を自分なりに分解し、一音ずつ高さと長さを確かめ、そのつながり具合をあれこれと工夫していた。なかなか彼は満足しなかった。小父さんの耳には問題がないように聞こえても、彼にはどこかしら引っ掛かりがあるらしく、その問題が解決するまで粘り強く同じ節を繰り返した。彼の孤独を汚さないよう、小父さんはラジオもつけず、話し掛けもせず、息さえひそめてソファーに座っていた。鳥を前にした時、どういう態度でいるのが最も正しいか、お兄さんが示してくれたように、ただじっとしていた。

　夜中に餌をやったり、急な異変に対処したりする心配も消えたため、小父さんは夜の間、鳥籠を居間の飾り戸棚の中に入れることにした。戸棚に残っていた父親の本をすべて納戸に仕舞うと、そこは鳥籠を置くのに丁度いいスペースになった。

「今日から、一人で寝る練習をするんだ」

新しい場所に戸惑っているのか、メジロは首を動かして戸棚のあちこちを見回した。

「心配はいらない。一人の方がきっとよく眠れる」

一応、隅々まで点検し終わると、メジロは止まり木の真ん中に立ち、小父さんの言葉を一言一言かみしめるようにして聞き取った。

「おやすみ」

　ポーポー語の中で一番好きな言葉をつぶやきながら、小父さんは扉を閉めた。メジロが怖がって騒ぎ出さないかとしばらく飾り戸棚の前に立っていたが、扉の向こうはしんとしたままだった。

「チィーチュルチィーチュルチチルチチルチィー、チュルチチルチチルチュルチィー」

翌朝、鳥籠を飾り戸棚から取り出し、朝日の差し込む窓辺へ置いたあとしばらくして、メジロが最初から最後まで一続きにさえずった。音色も節回しもリズムも、昨日までとは明らかに違っていた。

「えっ」

思わず小父さんが振り返り、声を上げると、ご希望ならば何度でもという調子で、再びメジロは完成したばかりの歌を部屋中に響かせた。小父さんは窓辺に近づき、両手をのばし、掌で鳥籠を包むようにした。それがメジロを抱き寄せる代わりだった。

いつしか彼は本当の小鳥になっていた。段ボールもスポイトも必要としない、好きな時に好きなだけ高く空を飛び、自在に歌を操って求愛できる、正真正銘の小鳥だった。

鳴き声はどこまでも澄み渡り、手を浸せば皮膚の向こうに血管が浮き上がって見えてきそうなほどに透明でありながら、同時に豊かな厚みを持っていた。鼓膜をゆったりと包む柔らかさがあった。一音一音の粒子が嘴からパッと四方に飛び散り、思いがけず遠くまで届き、コロコロと転がってまだその響きが消えないうちにすぐ次の粒子が追いかけてきた。重なり合う響きはより繊細な表情を見せ、最早楽譜にも記せない和音となった。

この美しい歌を発しているのが、餌をねだってベトベトになっていたのと同じあの嘴だろうかと、小父さんは信じられない思いでメジロの口元を見つめた。メジロは余計な思いには一切とらわれず、たださえずることだけに全身を使っていた。両脚を踏ん張り、尾羽を震わせ、喉をうねらせていた。心の高まりのためか、いつもより目を縁取る白色が鮮やかになっているようでさえあった。嘴の奥で舌がどんなに複雑な動きをしているか、小父さんには見える気がした。餌を飲み込んでいた時の無邪気さはどこにもなく、それは魔法にかけられたかのように神秘的な曲線を描いているに違いなかった。

「チィーチュル……」

一緒に鳴こうとして、一瞬歌いかけた小父さんはすぐに口を閉ざした。求愛のさえずりを導いたのは間違いなく小父さんであったが、今、メジロが口にしているのはお手本とは全く違う種類のものだった。既に彼はお手本をなぞるだけではない独自のニュアンスを取り入れ、音節を次々につなげる技術を習得していた。こんなふうに歌えたらどんなに幸せだろうと思えるような、しかしどれだけ願っても決して再現できない、メジロだけに許された歌だった。

息が続く限りメジロはさえずり続けた。窓の向こうでは野鳥たちがにぎやかにしていたが、誰も鳥籠のメジロにはかなわなかった。小父さんの耳に届いてくるのはただ、目の前にいる一羽の声ばかりだった。

「無理しなくてもいいんだよ」

と、つい小父さんはつぶやいてしまいそうになった。できるだけ長く彼の声を聞いていたいと思いつつも、心のどこかには、このままにしておいたら一体どこまで行ってしまうのだろう、もしかしたら体ごと弾けて飛び散ってしまうのではないだろうか、という畏《おそ》れがあった。畏れるほどの美しさに立ちすくんでいた。にもかかわらずメジロは少しも怖がってなどいなかった。

小父さんはまたしてもお兄さんの法則に従い、じっとして耳を澄ませるより他、どうしようもできなかった。ただ一つ分かっているのは、彼との別れが近いということだけだった。

13

「頭抜けた歌い手だね」

何の挨拶もなく、いきなり男がそう言って姿を見せたのは、普段どおり小父《おじ》さんが南向きの掃き出し窓を開け放ち、メジロを日光浴させていた昼下がりだった。

「春メジロだろう？　まだうんと若い。巣立ったばかりかい？」

伸び放題の木々をかき分けながら、男はずんずんと庭を横切ってきた。

「あまりの美声につられて、つい、失礼を承知で。呼び鈴を押したんだが、壊れているみたいだったから……」

言い訳をするように男は付け足し、崩れた離れや、そこに設えられたバードテーブルに目をやった。

「どちら様でしょう」

「私もメジロを飼っているのでね」

名乗らないままに男は言った。そのこと以上に大事な事情は他にない、という口調だった。

「二、三日前、仕事で通りかかった時に気づいたんだ。鉄工所をやってるんで、時々このあたりを営業してる。それにしても随分大っぴらに鳴いてたね。すぐに分かったよ、この家だって。いかにも小鳥が好みそうな住まいじゃないか。おたく、〝小鳥の小父さん〟って呼ばれてるらしいね。近所の人がそう言ってた」

久しぶりにその呼び名を耳にし、小父さんは一瞬身構えたが、男は最初からメジロにしか興味がない様子だった。無遠慮に近寄ってくると腰をかがめ、鳥籠を覗き込んだ。くたびれて体に馴染んだ灰色の作業着を着て、同じ色のキャップを被り、工事現場用の頑丈な靴を履いていた。胸ポケットには軍手が押し込められ、ズボンは油染みで汚れ、小父さんよりは幾分若く見えるものの、キャップからはみ出した髪には白いものが目立った。作業着の胸元には会社の名前の入ったワッペンが縫い付けられていたが、小さすぎて文字は読み取れなかった。

「他のメジロはどこに?」

質問の意味がよくつかめず、小父さんは「はっ?」と聞き返したきり言葉に詰まった。

「これ、一羽きりかい?」

「ええ……」

「驚いた。たった一羽でこれほどの歌い手を育てられるとは。俺なんか二十五年間、五百羽以上飼い続けても、ここまでのメジロに巡り合えたのはせいぜい、二羽か、三羽、そんなところだね」

「私は別に、飼っているわけじゃありません。怪我をしていたのを保護したんです」

そう小父さんが言うと、男は意外な表情を浮かべ、いっそう興味深げな視線を鳥籠に送った。

「へえ、そうか。偶然手に入れたのか。で、怪我はもう治ったの?」

「はい、大方」

自分が話題に上っていると気づいたらしいメジロは、もっとよく見てもらおうとするように止まり木を端から端まで移動し、短く鳴いて喉を温めたあと、得意の歌を披露した。瞬く間にその声は二人を包み、庭にあふれ出し、風に乗って遠くへ運ばれていった。

「どうだい。素晴らしいじゃないか」

まるで自分の小鳥を自慢するかのように男は言った。

「上品に甘くて、朗らかで、のびのびしている」

しかし小父さんは男の褒め言葉を素直に受け止められず、なぜそうなのか自分でも分からないままに、もやもやとしていた。見ず知らずの人のために一生懸命歌っているのがもったいなく感じられ、心の中でメジロに向い、もうそれくらいにしておけばいいじゃないか、とつぶやいていた。

「ほら、今、文句が変わった。節回しも微妙に変化させてる。自分でバリエーションを増やして、楽しんでるよ。すごいねえ」

メジロの歌を称えるための言葉を男はたくさん持っていた。けれどうっとりしているふうを装いながら、男の目にはひんやりとした一点があり、そこから発せられる隙のない視線でメジロを観察していた。メジロの声とは対照的に男の声は野太く、しわがれ、息は煙草のにおいがした。手は小鳥を可愛がるには不似合いにゴツゴツとし、指先はささくれ立ち、あちこち傷だらけだった。

「間違いなく十年に一羽の才能だな。五百羽飼ってきた俺が保証する」

「才能なんて、関係あるのですか。メジロなら皆、誰でも上手に歌います」

小父さんは言った。

「あんた、小鳥の小父さんのくせに素人だね」

男は作り笑いを浮かべた。

「下手なやつはいくらでもいる。単調で細切れな歌しかうたえない、しかも声のよくないメジロだ。あんただって聴いてて分かるだろう？」

「上手いか下手かなんて、考えたこともありません」

「どんな世界にも落ちこぼれはいるし、天才もいる。どうせなら天才の歌を聴きたいじゃないか。なあ」

男は鳥籠に向って同意を求めた。それに応じるように再びメジロは歌い出した。

「人間にも、人間が作る楽器にも出せない音を、こんなちっちゃな鳥が一生懸命鳴らしてる。飼い主になればそれを独り占めできる」

「メジロを、飼っているのですか？」

小父さんは質問をした。

「まあね」

歌が途切れるのを待ってから、男は答えた。

「野鳥なのに、飼ってもいいんですか？」

「野暮なことを聞くね」

男はメジロが落ちていたステップに足を載せ、断りもなく鳥籠の脇に腰を下ろした。

「俺はメジロを可愛がる。メジロは俺のために歌う。それで何の不都合もないよ」

籠はもう一回り小さいのでいい、トカゲを刻んで食べさせるともっと声に艶《つや》が出る、鳴きすぎて喉を痛めないよう練習にも加減が大事だ、まれに野鳥を守る会の人が聞きつけて文句をつけに来るから注意した方がいい、などと男が得意げに喋っている間、小父さんは何も口を挟めなかった。メジロは明らかに興奮し、羽をばたつかせたり宙返りをしたりして元気一杯だった。いいんだよ、そんなに愛想を振りまかなくてもいいんだ、と小父さんは声にならない声で言い聞かせていた。

「ところで……」

男はキャップを被り直し、無精ひげを撫でながら、相変わらず小父さんには視線を向けないまま切り出した。

「この子、譲ってもらえないだろうか」

「譲る？」

思いがけない申し出に小父さんは驚いた。

「もちろん、相応の金は払わせてもらいますよ」

「譲るも何も、もうすぐ外へ放すんです。あと少し、体力が回復すれば……」

「どうせ手放すなら、同じじゃないか。俺に任せてもらえれば、もっともっといい声に仕上げられる」

「何のために？」

「美しいものを愛でたいと思って、何が悪い？」

男は鳥籠に更に顔を寄せ、竹の隙間に指先を入れて誘うように舌を鳴らした。恐れもせずメジロは上機嫌な声を上げ、ひとときもじっとしていなかった。

「お前ならきっと、鳴き合わせ会でチャンピオンになれる」

小父さんの指とは違うと気づいたのか、メジロは興味津々で男の節くれだった関節を突《つっ》いていた。

「相場の五割り増しは出す」

「別にお金の問題では……」

「自分のメジロがどれほどの歌い手か自覚すれば、考えも変わるよ」

「もちろん私にだって分かりますよ。子供の頃からずっと、兄と一緒に小鳥の声を聞き続けてきたんですから」

「ふうん」

男は一つうなずき、しばらく考えてから続けた。

「どう？ 今度の日曜、あんたも一緒に行ってみない？ 鳴き合わせ会。きっと気に入ると思うよ。メジロを譲ってもらえるかどうかは、そのあとに決心してくれればいいや」

「鳴き合わせ会って何ですか？」

「言葉のとおりだよ。メジロの鳴き声を聞いて皆で楽しむのさ」

「はあ……」

「難しく考えることはない。小鳥好きが大勢集まるよ。本当は飛び入りの見学は受け付けてないんだけど、俺が一緒なら大丈夫。一応、副理事長やってるから」

なぜ急にこのような成り行きに巻き込まれてしまったのか、小父さんは混乱していた。とにかく今は一刻も早く男に引き取ってもらい、メジロと二人きりになりたかった。

「こいつの歌が引き寄せてくれたせっかくの縁だから、まあ一緒に楽しもうじゃないか。何と言ってもあんたは、小鳥の小父さんなんだからさ。で、今度の日曜日、空いてる？」

強引な流れに押され、きっぱり断る気力もなく、小父さんは弱々しくうなずいていた。

「よかった。じゃあ、朝、七時に迎えに来るよ。あっ、いけない。そろそろ配達に戻らないと。邪魔したね。日曜、楽しみにしてるから」

男は慌しく去って行った。その後姿が木々の向こうに消え、車のエンジン音が遠ざかってゆくのを確かめてから、小父さんは鳥籠を家の中へ仕舞った。

「一体、誰だったんでしょう」

メジロはそんな目をして小父さんを見つめていた。

当日は、春の終わりにしては薄ら寒い、風のある曇った日だった。男は配達用のライトバンで、約束した時間ぴったりに現われた。

「もうちょっと晴れてると具合がいいんだが、まあ仕方ない。さあ、遠慮なく乗って。荷物がごちゃごちゃ積んであるけど、気にしないで」

男は最初に会った時と同じ作業着とキャップ姿で、前にも増してよく喋った。

「あんた、運がいいよ。今日は今シーズン最後の鳴き合わせ会なんだ。これを逃すと十二月まで待たなきゃならない。皆自慢のメジロを連れて、遠くから集まって来る。何しろ今日のは賞金がいいからね」

男が喋っている間、小父さんはメジロにいい子で留守番をしているよう言い含め、持ってゆく荷物も思いつかず、手ぶらでライトバンに乗り込んだ。

車は橋を渡り、旧ゲストハウスの前を通り過ぎ、川沿いの道を上流に向って走った。ライトバンは相当年季が入り、運転は荒く、始終どこかがガタガタと耳障りな音を立てていた。少しずつ川幅が狭くなり、山並みが近づき、あたりには小父さんの知らない風景が広がりはじめていた。その頃になってもまだ、なぜ自分がよく知りもしない男の車に乗ってこんなところを走っているのか、不思議でならなかった。なぜもっときっぱり断れなかったのかと、今更ながらに後悔していた。

ただ一つ救いなのは、どんなに独りよがりであろうとも、とにかく男がメジロについて語っていることだった。長い節を一息に回せる肺活量を得るためにどういう運動をさせるか、本番に強いタイプと萎縮するタイプのメジロを見分けるポイントがどこにあるか、天性の美声だけでは理想のさえずりが完成しないのはなぜか、かつて耳にした最高の歌い手がとうとうチャンピオンになれなかった理由は何か、等など、男の口からはいくらでもメジロに関わりのある話が出てきた。

お兄さん以外で、これほど小鳥に夢中になっている人物と出会うのは初めてだった。

もちろんお兄さんと男とでは、小鳥とのつながり方が全く異なっていたが、それでも男が彼なりの方法でメジロに思いを巡らせているのは確かだった。

その時小父さんはふと、車の振動の隙間を縫って伝わってくる、荷台からの気配に気づいて後ろを振り向いた。そこには天井にまで届く大きな荷物が詰め込まれ、黒いぼろ布で覆いがしてあった。何気なく小父さんが布の縁を持ち上げた瞬間、

「触っちゃ駄目だ」

と思いがけず強い口調の声が返ってきた。慌てて小父さんは布を元に戻した。

「光を遮っておかないと無駄に鳴くから、いざっていう時、いい声が出ない」

「すみません」

「現地に着いてから徐々にウォーミングアップしてゆく。そこのところの調整が微妙なんでね」

「これ、全部、メジロですか？」

「そう。十六羽」

鳴き合わせ会に行くのだからメジロを連れているのは当然なのだが、その数の多さとあまりの静けさに驚いて小父さんはまじまじと荷台を見やった。籠をブロックのように積み重ねているらしく、それらはバランスを保ちながら限られたスペースに絶妙に納まっていた。

「こんなに大人しくしていられるものですか」

「移動用の小さな籠に入れて真っ暗にしておけば、いい子にしてるよ。まあ、これも訓練の賜物だな」

それから男は、丁度いいタイミングで鳴かせるための合図が上手く伝わり、人間とメジロの気持がぴたっと重なり合ったようになる時の快感について語りはじめた。その話はどこまでも長く続いてゆき、いつしかかつて育てたチャンピオンたちの自慢話に移っていった。その間十六羽のメジロたちはカサリとも音を立てず、ぼろ布の下でじっと息を殺していた。

四十分ほど走ったところで車は川沿いの道を外れ、しばらく農道を進み、高速道路の高架下をくぐったあと、雑木林になった小高い丘を中腹まで登って停まった。そこには思いの外ひらけた空き地が広がっていた。周囲には所々、金属パイプや鉄線や角材が無造作に積み上げられ、資材置き場になっているようでもあったが、雨ざらしになったそれらはきちんと管理されている様子はなく、どこかしら荒れた雰囲気が漂っていた。

しかし何より小父さんの目をひいたのは、思い思いの場所に車を停め、鳴き合わせ会の準備に余念のない三、四十人の人々の姿だった。彼らは皆鳥籠を地面に並べ、携帯用の椅子に腰を下ろし、ある者は一羽一羽の様子をチェックし、ある者は注射器で餌を与え、またある者は笛のようなものを口にあてがってその調子を確かめていた。空き地の東側の一角にはテントが張られ、世話役らしい人たちが模造紙にトーナメント表を書いたり、賞品を並べたり、煙草を吹かして談笑したりしていた。その全員が男だった。

メジロたちは皆、羽を広げることもできないくらい小さな竹の籠に一羽ずつ入れられていた。長い移動を終え、やれやれといった感じで気分よく鳴いているのもいれば、布を被せられたまま頑なに沈黙を守っているグループもあった。ただいずれにしてもそこは、メジロであふれていた。どの籠を覗いても、メジロ、メジロ、メジロ、メジロだった。

男はクヌギの木陰に居場所を定め、慣れた手つきで車から籠を降ろすと、その他必要な品々を所定の位置に並べていった。一つ一つの動作はテキパキとし、小父さんが手助けする隙はなかった。男の姿を見つけると、何人かが親しげに声を掛けてきた。不審そうな目で小父さんを見る者があれば、

「俺の知り合い。いいメジロを飼ってるんだ」

と言った。そのたびに小父さんはどんな顔をしていいか分からず、うつむいて視線をそらせた。

少しずつ集まってくる人は増え、それに合わせてメジロの密度も高まっていった。どういうわけか皆、男と同じくらいの年格好で、似たようなくたびれた服を着ていた。相変わらず日差しは頼りなく、空は薄い雲に覆われ、風がクヌギの枝を揺すっていた。男は会のスタートに合わせ、微妙な調整に入ったらしく、神経質にぼろ布をめくったりまた被せたりしながら、メジロたちに水を与えていた。その間にも、今年の鳴き合わせ会でのパッとしない成績や、不調の原因分析や、期待していた一羽が病死したショックについて喋っていた。ますます小父さんは手持ち無沙汰になり、相槌を打つのさえ面倒になってきた。あたりには男たちのざわめきがあふれ、それが風と一緒になって渦を巻いていた。これほどたくさんのメジロがすぐそばにいるというのに、心が弾むどころか逆に息が詰まりそうだった。そのうえ久しぶりに頭までが痛くなりはじめていた。お兄さんとの架空旅行の時にはいつでも抜かりのない準備をしてきたのに、なぜ肝心の薬も湿布も持ってこなかったのかと、小父さんは悔やんだ。

やがて鳴き合わせ会がスタートした。

「よし、これにしよう」

あれこれ迷っていた男はようやく十六羽の中から一番状態のいいメジロを見極め、籠を持って空き地の中央に向った。

鳴き合わせ会は小父さんが想像していたものとは全く違っていた。鳴き声を楽しむ、などというのどかな雰囲気はどこにもなく、もっとぴりぴりとして容赦がなかった。誰もが神経を高ぶらせ、一瞬の油断さえ見せず、ひたすら闘争心をあらわにしていた。瞬く間に空き地は彼らの発する空気に閉ざされ、外の世界の音は遮断され、小父さんも否応なくそこに取り残されて逃げ場を失っていた。

空き地の中央に二本、適度な間隔を空けて杭が打ってある。その先端に対戦すべきメジロの籠が布を被されたまま吊るされる。飼い主二人が杭の脇に陣取り、中央にカウンターを手にした審判が立ち、他の参加者たちがその周囲で輪を作る。審判の合図と同時に、飼い主二人は籠の布をはぎ取り、それを腰のベルトに素早く引っ掛けるやいなや、首からぶら下げていた竹笛を吹きはじめる。メスの声に似た音を出す笛でメジロをだまし、無理に歌わせるのだ。一続きの歌を先に五回さえずった方が勝ちとされる。模造紙のトーナメント表のとおり、こうして次々対戦が行われる。

小父さんは恐る恐る輪に歩み寄り、一番外側に立って様子をうかがった。呆気なく勝敗が決まる場合もあれば、延々と決着がつかないこともあり、小父さんにはどちらが勝ったのか区別はつかなかった。またそれを知りたいとも思わなかった。審判は指を立てたり折り曲げたりして何かしらの結果を示していたが、その合図を読み解くのは不可能だった。小父さんに分かるのはただ、メジロたちが皆懸命に歌っているということだけだった。

布が取られるとメジロは一瞬はっとして目を動かし、丸めていた体を伸ばして空を見上げた。布をはぎ取る飼い主たちの動作は無駄に仰々しかった。裾は宙で翻《ひるがえ》り、風を受けて曲線を描いたかと思うと次の瞬間にはベルトに挟まれ、だらんと垂れ下がっていた。彼らはただ突っ立って漫然と竹笛を吹くのではなかった。よりメスの地鳴きに似せようとして繊細に舌を使い、更には腰を落とし、両足で小刻みなステップを踏むのだった。メスの仕草を真似ているつもりなのだろうか。彼らが腰を上下させるたび、ベルトの布も一緒にぶらぶらした。小父さんにはそれは、奇妙な舞踏にしか見えなかった。けれど素直なメジロたちは、笛の音がすると、小さな頭のどこかに隠れているらしい耳をひくりとさせ、求愛の相手を探すように首をかしげ、体の内からこみ上げてくる抑えようもない導きに従って歌い出した。メスの声が偽物であろうと、審判の手にカウンターが握られていようと、そんなことにはお構いなく嘴《くちばし》を宙に向け、自分が最も美しいと信じる声でさえずった。さえずりは鳥籠の狭い隙間からあふれ出し、数をかぞえたり笛を口にくわえたりしている男たちの手の届かないはるかな高みに舞い上がり、たとえ聞こえなくなってもまだ、透明な結晶になって浮遊し続けていた。

それは小父さんがよく知っている歌だった。お兄さんと一緒に耳を澄ませ、鳴き真似をした懐かしい歌だった。

こうしている間にも対戦は進み、模造紙には赤い油性ペンで線が着々と伸ばされ、負けた飼い主には×印がつけられていった。勝負が済むとすぐさま彼らは、舞踏の続きのように軽く身を浮かせつつ腰布を抜き取り、一旦裾をなびかせてから、無駄には一声でも鳴かせはしないという勢いで再び籠を覆った。勝者の舞はより軽やかだった。敗者は露骨に舌打ちをし、地面を蹴り上げ、中には捨て台詞を吐いて小競り合いを起こす者もあった。彼らの怒声とメジロのさえずりは決して混じり合うことはなかった。

いよいよ男の出番がきた。相手はでっぷりと腹の出た、貫禄のある長老だった。心持左足を引きずる歩き方が、余計に威圧感を漂わせていた。勝負は拮抗している様子だった。男は眉間《みけん》に皺《しわ》を寄せ、時に甘えるように、時に鼓舞するようにさまざまな変化をつけて笛を吹き、それに対して長老はベルトからはみ出た腹と垂れ下がる布、両方を独自のリズムで揺らしながら体形に似合わない軽やかなステップを踏んだ。朝方より雲は厚くなり、日差しは消え、風がテントをバタバタいわせていた。そのせいかメジロはなかなかさえずらなかった。籠の中で忙《せわ》しなく飛び跳ねるばかりで、ようやく歌いはじめたと思ってもすぐ、自信がなさそうに嘴を閉じてしまった。

　男の額には汗が浮かび、キャップが脱げそうになり、長老の足元には引きずった靴底の跡が滅茶苦茶な模様を描いていた。観客たちは腕組みをし、審判が何か合図をするたび「ほー」とため息を漏らした。カウンターが何回を差しているのか、どちらが優勢なのか小父さんには分からず、ただ、鳴きたくなければ鳴かなくていいんだ、と叫びそうになるのを必死にこらえていた。少しずつ頭痛はひどくなっていた。痛みの塊が頭蓋骨の奥へ奥へと潜り込んでゆき、巣を張り巡らし、脳みそをがんじがらめにしていた。こめかみを何度も押さえてみたが、何の気休めにもならなかった。

　たまらなくなって小父さんは人の輪から外れ、空き地の縁を当てもなく歩いた。出番のないメジロたちが何羽も、籠の中でバタバタしていた。どんなに狭い場所に閉じ込められても、目を囲む白い輪はくっきりと浮き上がり、一分の狂いもなく完全な円を描いていた。中には名前を書いた木札をぶら下げた籠もあった。チョロ、ジャック、ピーチ、トム、チョーク……。どの木札も角が磨《す》り減り、フンがこびりつき、名前は半ば消えかけて読み取るのが難しかった。早々に負けた憂さ晴らしのためか、ビニールシートに車座になってビールを飲んでいる数人がいた。その隣では二回戦に勝ち進んだらしい誰かが、唾の詰まった竹笛を掃除していた。

男と長老の戦いはまだ終わる気配がなかった。重なり合う観客たちの間から、ずり落ちそうになるキャップと、揺れる腹がのぞいて見えた。時折、素晴らしいさえずりが響き渡り、どよめきが起こり、また次のさえずりを待つじりじりした時が流れた。

小父さんは男がライトバンを停めた場所まで戻り、クヌギの幹にもたれかかった。

「歌わなくていいんだ」

小父さんは言った。

「求愛の相手はどこにもいないんだ」

目を閉じ、額を幹に押し当てると、ほんのわずかひんやりして一瞬だけ痛みを忘れられた。まぶたの裏に、家に残してきたメジロの姿が映し出された。止まり木の真ん中で体を丸くし、耳を澄ませて小父さんを探していた。

「どんなに美しい歌をうたったって、誰も応えてはくれない」

彼の声に気づく者はなく、そこに小鳥の小父さんと呼ばれる一人の老人が立っていることにさえ、誰も心を留めていなかった。

「お前の求める誰かは、ここにはいないんだ。残念だけど」

まぶたの裏のメジロに小父さんはそう語りかけた。それから目を開き、男が積み重ねた籠に近寄り、一つずつ蓋を開けていった。一陣の強い風が吹きぬけ、砂埃が舞い上がり、それと同時に一段と大きく竹笛が鳴ったが、小父さんの耳には最早何も届かなかった。メジロたちは蓋が開いたことに最初気づかず、あれ、どうしたんだろう、という表情を浮かべ、出入り口の縁に脚を掛けたあともまだ用心深くきょろきょろしていた。

「さあ、行っていいよ」

小父さんはすべての蓋を開け放った。やがて一番勇気のある一羽が飛び立ち、それを合図にして残りのメジロたちも次々と後に続いた。最初のうちこそぎこちなく羽ばたいていたが、すぐに調子を取り戻し、小父さんの頭上を一巡りしてから、あるメジロたちはクヌギの枝の間でじゃれ合い、あるメジロたちはもっと空の遠いところを目指して去っていった。最後の一羽の翼が雲の陰に消えるのを見届けてから、小父さんは走ってその場を逃げ出した。

誰かが異変に気づいたのか、あるいは対戦に夢中になっている観客たちのざわめきなのか、背後に騒々しい気配を感じながら、小父さんは無我夢中で走った。途中、無造作に積み上げられた誰のものとも知れない鳥籠のそばを通り過ぎるたび、それらの蓋も全部開け、メジロたちが上手く逃げたかどうか確かめる間もなくまた走った。追いかけてくる足音が聞こえるような気もしたが、走り続ける以外他に方法はなかった。丘を下りきるまでの途中何度か転び、掌をすりむき、膝を強打したのに少しも痛みはなく、ただ頭だけがずきずきとするばかりだった。

ようやく高速道路の高架下までたどり着き振り返ると、畑の向こうに、木立に囲まれた丘がぽつんと見えた。その中で男たちが必死になって繰り広げている会のことになど一切構わず、ただ静かに緑をたたえ、そこに横たわっていた。コンクリートの橋脚にもたれて腰を下ろし、小父さんは咳き込みながら少しでも息を鎮めようとした。小父さんを見送るように、丘の上空で一つの小さな点が曲線を描いていた。それがメジロかどうか確かめる術《すべ》はどこにもなかった。

農道脇の民家に頼んでタクシーを呼んでもらい、途中路線バスを乗り継いでようやく家に帰り着いた時にはもう、午後の遅い時間になっていた。メジロは窓辺でお利口に待っていた。

「僕を一人にして、どこへ行っていたんです？　心配するじゃありませんか」

と言って責めるように、あるいは小父さんの顔を見てほっとするように、鳥籠中を飛び回って羽毛を舞い上がらせた。小父さんは隣に腰を下ろし、水を一杯飲み干し、鳥籠を撫でた。掌の傷口は血が固まり、窪みに砂がこびりついていた。シャツをめくると肘には痣《あざ》ができ、ズボンの膝は泥で汚れていた。

「ひどい目にあったよ」

小父さんはつぶやいた。胸の動悸がまだ治まっていないような気がした。脈のリズムに合わせて頭の痛みが波を打って響いていた。

「でも、平気だ」

風は止み、雲が流されてうっすらと光が戻り、離れの廃墟を照らしていた。朽ちてゆくばかりの離れは少しずつ形を変え、蔓《つる》に絡め取られ新しい種を宿し苔《こけ》に覆われて、むしろ生き物に近づこうとしているかのようだった。見る角度によっては、輪郭が本を読む父親の背中に似ていなくもなかった。濃い緑の新芽を茂らせて木々は高くそびえ、自由に枝を伸ばし、外の世界からこの小さな家を守っていた。朝、掃除をする暇のなかったバードテーブルには、リンゴの皮の切れ端が散らばり、それを二羽のヒヨドリが嘴の先で転がして遊んでいた。

「ピーヨ、ピーヨ」

甲高く、ツンと尖って潔い鳴き声が、時折光の中を交差した。その鳴き声の軌跡が、空に一筋浮かび上がって見えてきそうだった。

そこにいるのは小鳥と小父さんだけだった。背後には母親の写真と、お兄さんの作った小鳥ブローチがあり、目の前には廃墟があった。それですべてだった。

小父さんはいつまでもメジロと一緒にぼんやりと庭を眺めていた。鳴き合わせ会の風景は既に遠くかすみ、ほとんど幻と同然のようだった。幻なのだから、もし男が怒鳴り込んで来たら、という心配に惑わされる必要もなかった。

少しずつ日は西に傾いていった。気づかないうちにヒヨドリは去り、リンゴの皮はすっかり干からびて色を失い、離れの半分は影に覆われようとしていた。

「チィーチュルチィーチュルチチルチチルチィー、チュルチチルチチルチュルチィー」

何の合図もきっかけもなく、メジロがさえずった。白い輪っかの中の瞳が小父さんを真っ直ぐに見つめていた。

「私のためになど、歌わなくていいんだよ」

鳥籠に顔を寄せ、小父さんはささやいた。

「明日の朝、籠を出よう。空へ戻るんだ」

耳を澄ませているとお兄さんの声が聞こえてくるような気がした。その声が頭の痛みをそっと包み込んでくれた。小鳥のさえずりがそばにある限り、他の余計な言葉を何一つ聞かなくても済んだ。ポーポー語だけが寄り添ってくれていた。

西日が庭を満たしていた。日が沈むまでもうしばらく間がありそうだった。お兄さんの声をもっとよく聞こうとして小父さんは、鳥籠を胸に抱き寄せ、その場に横たわった。

「少し、くたびれたみたいだ」

メジロは止まり木を飛び降り、小父さんのすぐ耳元に近寄ってきた。

「ひと眠りするよ。そうすればすぐ元気になる」

再びメジロは歌いだした。小父さんのためだけに捧げる歌を、鳴り響かせた。

「大事にしまっておきなさい。その美しい歌は」

そう言って小父さんは二度と目覚めない眠りに落ちた。小父さんの腕の中でいつまでもメジロはさえずり続けていた。

謝辞
この作品を書くにあたってお世話になった、東京大学教授・神経生態学の岡ノ谷一夫先生、全国野鳥密猟対策連絡会の中村桂子さん、朝日放送の大竹礼文さんに心からお礼を申しあげます。

著者

解説

取り繕えない人たちへの愛の歌

小野正嗣

『ことり』の著者から直接話をうかがう機会があった。今年（二〇一五年）九月に刊行された『琥珀のまたたき』という別の長編小説をめぐっての対談の場でのこと。対談とはいうものの、新刊を上梓された著者へのインタビューなのだと僕は理解していた。ところが小川洋子さんは、聞き手に過ぎない僕の書いた小説やエッセイをていねいに読み込んでくれていた。とても嬉しかったが、正直驚いた。自作について語る機会なのだから、たとえインタビュアーがものを書く人間なのだとしても、わざわざ時間と労力をさいて、その人が書いたものを読む必要などまったくないのだから。美しく静謐なまなざしが印象的なこの作家の、目の前の相手を尊重する謙虚な姿勢に深く心を打たれた。

そのとき、さらに驚いたことがある。小川さんの小説では、人物たちが年取った人でもみなある種の子供性をもち続けている、という指摘をしたときのことだ。僕の念頭にあったのは、実は『ことり』の主人公「小父さん」のことだったのだが、それに対して、小川さんはそうした人たちのことを「取り繕えない人たち」と呼び、僕が拙著のなかで紹介したサミュエル・ベケットの『モロイ』の一節を引用されたのである。それはまさに野生の鳥たち（間違いなく猛禽類などではなく小鳥たち）の声に耳を澄ます語り手の言葉だった——「私ははじめ声が何を意味しているのかわからなかった。しかしついに私はその言語を理解した、理解している、たぶん不正確に」。

本作『ことり』は、鳥の言葉をめぐる物語だと言うこともできる。主人公は「小鳥小鳥の小父さん」と周囲の人たちから呼ばれている老人である。小説の冒頭、出し抜けにの小父さんの死が告げられる。読者の好奇心は駆り立てられる。この独身で身寄りのない老人はどうして「小鳥の小父さん」などと呼ばれているのか、いったいどのような人物だったのか——。小鳥と独特の関係を取り結んだ一人の男の生涯が、この作家らしい、哀しみを湛えた優しく端正な文章で辿り直されていく。

本書には、おそらく鳥の言葉をほぼ正確に理解している人が登場する。小父さんの「お兄さん」である。この兄は十一歳を過ぎたあたりから、突然、周囲の者にはまったく意味不明の言葉を喋りだす。弟である小父さんは兄の喋る言葉に耳を傾けながら、それが何かに似ていると思う。

ただ単に独り言をつぶやいているだけの時でも、まるでお兄さん一人にしか見えない誰かに向って、歌を捧げているかのように聞こえた。一番近いのは何かと聞かれれば、それはやはり、僕たちが忘れてしまった言葉、といつかお兄さんが言い表わした、小鳥のさえずりだった（三十三頁）。

小父さんは鳥の歌声を上手に真似ることはできる。しかし兄の歌声は、「鳴き真似などではなく、小鳥の歌そのもの」（一〇二頁）なのだ。この兄の言葉を唯一理解できるのが小父さんである。兄は弟を除くいっさいの人たちと言葉によるコミュニケーションを取ることができない。

兄の最大の理解者である小父さんの視点から物語が描かれているので、それほど違和感がないのだが、小父さんの目を離れて、本作の世界を眺めやると、やはりこの兄は間違いなく、社会生活に適合することがとても困難な人、マージナルな人物である。兄は生涯一度も働くことはなく、家で留守番をするだけである。長年にわたって週に一度近所の薬局に通い、キャンディーを一本買い求め、集めた包み紙を貼り合わせては小鳥の形のブローチを作る。そして近所の幼稚園の鳥小屋を眺めに行く。兄が五十二歳で亡くなるまで、兄弟はずっと二人きりで両親が残した一軒家で暮らしている。兄弟は一年に一度か二度、定期的に旅行に行く計画を立てる——行き先を定め、時刻表を調べ、ガイドブックを読み、荷造りをし、どんなときでも必ず「ラジオ、ポタージュスープの缶詰、野鳥図鑑、母親の写真、そして白いバスケット」をボストンバッグに詰める。しかし計画を立てるだけで、二人が実際に旅立つことは決してないのである。小父さんのほうは、近所にある金属加工会社のゲストハウスの管理人として働くのだが、この二人の生活を見ていると、実は、弟である小父さんも世の中からどこかしらズレたマージナルな存在ではないかという印象が次第に濃くなってくる。

昨日と同じ一日を過ごすこと、これが小父さんにとって最も大事な留意点だった。同じ時間の起床と出勤、同じメニューの昼食、同じラジオのスイッチ、同じ「おやすみ」の言葉。こうしたことこそがお兄さんを安心させると、小父さんはよく分かっていた（九十九頁）。

在である。その兄を見守ることが小父さんの人生の重要な部分を占めている。ちょうど小鳥が巣を編むように、兄と弟は二人だけで過不足なく完結した小さな世界を作り上げる。外界と最小限の接点しかなく、決まりごとの反復からなる兄弟の生活はどこかいびつである。しかし、彼らは自分たちの生き方が不器用だと意識すらしていないだろう。ただ生きているだけなのに――自分自身に偽りなく、真摯にシンプルに世界に向き合っているだけなのに、二人は社会の周縁《マージン》に追いやられていく。マージナルな人とは、まさに「取り繕えない人たち」なのだ。

兄と弟は支え合ってかろうじて生き延びている。兄が死んでしまったら、残された小父さんはどうなってしまうのだろうか。

それこそ翼をもがれた小鳥のようになってしまう？

いや、小父さん自身が小鳥になるのだろう。そしてこの「小鳥の小父さん」という呼び名は、荒れ果てた庭に草木が繁茂し小鳥たちが集まる家にたった一人で暮らし、幼稚園の鳥小屋をボランティアで掃除し、図書館に通っては、鳥に関わる本を読み続ける不思議な老人に、別の「ことり」を結びつけ、小父さんはあらぬ疑惑をその身に招き寄せることになるだろう。

『ことり』には、他の小川作品と同様に、具体的な地名や人名が出てこない。小父さんとその兄がなんという名を持つのか、なんという街に暮らしているのか、名指されることはない。しかしその不自由さ、欠落が、読者の想像力や記憶を自由に飛翔させる。人物や土地に、読者の一人一人が自分の身近な人物や場所を重ね合わせて、自分自身の物語として読むことができる（私事で恐縮だが、僕はこの兄弟に、先頃亡くなった僕自身の兄と自分との関係を投影しながら読まずにはいられなかった）。兄弟が自分たちの巣として守って暮らす家には、「二人分の居場所しかなく、他の誰一人入り込む余地は残されていなかった」（一〇三頁）とあるが、そのような世界を描く小川洋子の言葉は逆説的にも、社会の片隅でひっそりと生きる人々を優しい光で照らし出し、そこに、すべての読者のための居場所を、巣を作り出してくれる。

「取り繕えない」者だからこそ気づける真実もある。「小鳥の歌は全部、愛の歌だ」と迷いなく述べる兄の言葉に弟は納得する。そうなのか、と僕たちも頷く。『ことり』のさえずりは、小川洋子の歌は、僕たちが忘れてしまいがちなすべてのささやかな存在に捧げられた「愛の歌」なのだ。

（おの　まさつぐ／作家）

ことり

朝日文庫

2016年1月30日　第1刷発行
2022年2月10日　第20刷発行

著　者　小《お》川《がわ》洋《よう》子《こ》

発行者　三宮博信
発行所　朝日新聞出版
〒104-8011　東京都中央区築地5-3-2
電話　03-5541-8832（編集）
03-5540-7793（販売）

印刷製本　大日本印刷株式会社

ISBN978-4-02-264803-7